Michael Ringel, Christian Bartel (Hrsg.)

ALS WIR ALLE WAHNSINNIG WURDEN

Michael Ringel,
Christian Bartel
(Hrsg.)

ALS WIR ALLE WAHNSINNIG WURDEN

66 Wahrheiten
einer verrückten Dekade

mit 10 Touchés von ©TOM

SATYR VERLAG

1. Auflage September 2021

www.satyr-verlag.de

Coverillustration und Cartoons: ©TOM
Korrektorat: Jan Freunscht
Druck und Bindung: CPI Books, Clausen & Bosse, Leck
Printed in Germany

Die Deutsche Nationalbibliothek verzeichnet diese Publikation in der Deutschen Nationalbibliografie; detaillierte bibliografische Daten sind im Internet abrufbar über: http://dnb.d-nb.de

ISBN: 978-3-947106-76-9

Inhalt

TOUCHÉ by ©TOM
GUTE VORSÄTZE? JEDE MENGE! ICH HAB MIR FÜR DIESES JAHR VORGENOMMEN, MICH NICHT MEHR ÜBER JEDEN SCHEISS AUFZUREGEN!
SEHR GUT! UND WEITER...?
MARKEN FÜR HIN UND HER
WIE WEITER? NIX WEITER!
POST
SIE SPRACHEN DOCH VON JEDE MENGE VORSÄTZEN!
ICH GEHE STARK DAVON AUS, DASS ICH ES MIR IMMER WIEDER VORNEHMEN MUSS!

Vorwort

Ein ganz normaler Tag in der Wahrheit-Redaktion. Die Agenturticker rattern vor sich hin. Die Nachrichtenlage ist mau. Da klingelt plötzlich das Telefon. Am Apparat Wolfgang Grupp von Trigema. Der Mann aus der Fernsehwerbung mit dem Affen. Mit seiner bekannt schnarrenden Stimme legt er los und eine rund zehnminütige Suada hin, dass der Text über ihn »eine Grenze überschritten« habe und »unter die Gürtellinie« gegangen sei.

Zuvor hatte der Wahrheit-Autor Fabian Lichter eine feine Satire zum 100-jährigen Jubiläum des baden-württembergischen Textilunternehmens verfasst. Am meisten regt sich Grupp darüber auf, dass Lichter geschrieben hatte, auf der Jubelfeier hätte sich der Trigema-Chef mit einem 500-Euro-Schein die Stirn abgewischt, die Banknote zusammengeknüllt und weggeworfen. Das würde er als »verantwortungsvoller Unternehmer«, der »nicht im Ausland arbeiten lässt und keine Kinder beschäftigt, nie tun«. Man könne ihn ruhig als »Mann mit dem Affen aus dem Fernsehen« beschreiben, aber das nicht! Er fliege zwar »mit dem Hubschrauber«, sei aber »bodenständig«!

Als Wahrheit-Redakteur stellt man sich selbstverständlich vor seinen Autor, was Wolle Grupp als Patron alter Schule wohlwollend zur Kenntnis nimmt, und erklärt den üblichen

Sermon über Satire und die Mittel der Übertreibung und Zuspitzung, man habe aber keinesfalls die Privatsphäre verletzt, weshalb das Ganze also juristisch kaum verfolgbar wäre, er könne ja einen Leserbrief einsenden und dort noch einmal Dampf ablassen. Und zum Abschied entbietet man schöne Grüße an den Affen. Ein ganz normaler Tag in der Wahrheit.

Um dem Affen Zucker zu geben und die damals arg trockene schwarz-weiße Bleiwüste der *taz* zu beleben, wurde Anfang der Neunzigerjahre die Wahrheit-Seite ins Leben gerufen. Es sollten die immer häufiger kursierenden seltsamen Nachrichten und Berichte aus aller Welt gebündelt werden, die in einer normalen Tageszeitung auf der Seite für Vermischtes gelandet wären. Aber die *taz* war nie eine normale Zeitung und wollte keine Polizei-, Unglücks- oder Celebrity-Meldungen im Blatt haben. Kurz zuvor waren die Sowjetunion und der Ostblock zusammengebrochen und auch solch illustre Publikationen wie die sozialistische Westberliner Zeitung *Die Wahrheit* verschwunden, also wurde der vakante Titel aus der Erbmasse ironisch übernommen. Das bis heute weitgehend bestehende Layout mit »Gurke«, »Wetter« und Wetterfrosch entwarf die im Jahr 2021 verstorbene Künstlerin Françoise Cactus, die damals als Layouterin für die *taz* arbeitete. Am 3. September 1991 erschien dann die erste Wahrheit, und seither ist sie »die einzige Satire- und Humorseite einer Tageszeitung weltweit«. So lautet jedenfalls ihre Selbstbeschreibung, nach der sie auch »drei Grundsätze« hat: »Warum sachlich, wenn es persönlich geht. Warum recherchieren, wenn man schreiben kann. Warum beweisen, wenn man behaupten kann.«

Eine parodistische Verkehrung journalistischer Grundsätze, die dem berühmten Durchschnittsleser, der im Fall juristischer Händel gern bemüht wird, sofort klarmachen soll, dass es sich um ein satirisches Medium handelt. Die Wahrheit versammelt dann auch alle Formen und Genres des gängigen

Humors: Satiren, Glossen, Parodien, Spottgedichte, Anekdoten, Grotesken, Witze, Nonsens, Karikaturen, Cartoons und Comics. In Bild und Text wird Tag für Tag die Welt als Narrencontainerschiff abgebildet.

Als Besonderheit präsentiert die Wahrheit den einzigen originalen täglichen Bilderstreifen in einer deutschen Zeitung, den »Touché« von ©Tom, der am 6. Dezember 1991 erstmals erschien. Seit dem 12. November 1991 schreibt der Irland-Korrespondent der *taz*, Ralf Sotscheck, seine montägliche Kolumne. Und dienstälteste Autorin der Wahrheit ist Susanne Fischer, die seit dem 2. Januar 1996 kolumniert und ihres Zeichens geschäftsführender Vorstand der Arno-Schmidt-Stiftung in Bargfeld ist. Jeden Donnerstag findet sich zudem als ein weiteres funkelndes Glanzstück auf der Seite ein komisches Gedicht – nach der selbst gewählten Devise: »Die Wahrheit spricht / im Reimgedicht.«

Eines der Hauptmittel der Wahrheit ist der Fake oder die Fake-Reportage. Lange bevor der amerikanische Lügenweltmeister Donald Trump den Begriff populär machte, nutzte die Wahrheit das Genre und veröffentlichte komplett erfundene Geschichten, die aber durchaus möglich sein könnten. Bekanntestes Beispiel ist eine Satire von Gerhard Henschel mit dem Titel »Sex-Schock! Penis kaputt?«, die zum sogenannten Penis-Prozess führte. Henschel hatte dem damaligen *Bild*-Chefredakteur Kai Diekmann wegen der enorm sexualisierten Prominentenberichterstattung des Blut-und-Sperma-Blatts eine Penisverlängerung angedichtet. Die Wahrheit wurde verurteilt, den Text niemals wieder in Umlauf zu bringen, Diekmann allerdings wurde sein gefordertes immens hohes Schmerzensgeld nicht zugestanden – und der Rest ist Justizgeschichte.

Der gesamte Vorgang wurde sogar von einem Bildhauer in ein Kunstwerk umgewandelt, das am alten *taz*-Gebäude in der

Berliner Rudi-Dutschke-Straße hängt. Dort begaffen an normalen Reisetagen Dutzende von Touristengruppen aus aller Welt das Wandgebilde mit dem Titel »Friede sei mit Dir«. Eine Anspielung auf die Verlegerin Friede Springer, zu deren Konterfei sich ein gigantischer lachsfarbener Penis hinaufschlängelt, weshalb das Werk auch in Reiseführern weltweit als »Der Pimmel über Berlin« auftaucht.

Die Beschwerden über und Klagen gegen die Wahrheit sind Legion und bilden eine ganz eigene Liga, allerdings keine der außergewöhnlichen Gentlemen. Zuletzt beschritt den Rechtsweg der Schweinebaron Clemens Tönnies, den der Wahrheit-Autor Peter Köhler in einen Albtraum und sein eigenes Schlachthaus hineinversetzte, wo er als Schwein den gesamten Schlachtvorgang miterleben durfte. »Das Schwein wird humanisiert«, wie es in einer Stellungnahme der Wahrheit für die Anwälte und das Gericht mit Blick auf die tierethischen Aspekte und ihre allegorische Einkleidung heißt. Das übliche Gesummse, das in solchen Fällen den gröbsten Schaden abwenden soll, denn bei Schmerzensgeldforderungen in Höhe von 40.000 Euro hört der Spaß auf. So etwas kann beim Gang durch alle Instanzen, die sich ein schornsteinreicher Mann wie Tönnies leisten kann, schnell auf das Zehnfache an Kosten anschwellen und somit für eine kleine Zeitung wie die *taz* existenzbedrohend werden.

All das muss mitbedenken, wer die Wahrheit macht. Und in der kleinen Redaktion gehören dazu seit dem Jahr 2000 Michael Ringel und seit 2013 Harriet Wolff, die beide auf der Arbeit ihrer vielen guten Vorgänger aufbauen konnten und mit den ständigen Vertretern Christian Bartel und René Hamann auf profunde literarische Kräfte zurückgreifen können. Aber die Wahrheit wäre nichts ohne ihre Autoren, sie ist eine ausgewiesene Autorenseite, auf der jeden Tag sowohl ein Aufmacher als auch eine Kolumne von einem freien Mitarbeiter erscheinen. Aber wer sind jene furchtlosen Recken und Recketten an ihren tollkühnen Schreibtischen, die weder die Macht der Milliardäre noch den Zorn wutgefüllter Blasen fürchten? Und was ermutigt die Zuträger der Wahrheit, Tag für Tag ins finstere Bergwerk des Zeitgeschehens einzufahren, um noch im abseitigsten Stollen die seltene Erde der Komik aus dem Schamott zu schürfen?

Ein Psychogramm dieser Humorschaffenden kann und soll hier nicht gewagt werden, die Motivationen dürften ohnehin disparat ausfallen. Dafür sprechen die Texte in diesem Band. Vom Mitleid mit der geschundenen Kreatur über die Kritik an den Verhältnissen, die schiere Fassungslosigkeit über Triumphe menschlicher Dummheit bis zum anarchischen Spaß an der »fröhlichen Infamie« (Tim Wolff) springt dem Leser aus den Zeilen alles Mögliche und Unmögliche entgegen.

Eines jedoch ist sicher: Das magere Zeilengeld kann kaum jemals Motiv gewesen sein, die wiederkehrenden Appelle aus dem Wahrheit-Kontor zu erhören, die zur »Beendigung des Textleids« nach »Aufmachern, Aufmachern, Aufmachern« oder »Kolumnen, Kolumnen, Kolumnen« rufen. In Rundbriefen jammern die Redakteure dann über die »leere Halde«, die »abgeschmolzen wie der Butterberg« sei und dringend des fetten Nachschubs bedürfe.

Die Wahrheit ist: Für die Wahrheit zu schreiben, muss man sich leisten können, vor allem aber wollen. Die Entscheidung für die Satire, namentlich in der *taz*, ist eine Entscheidung gegen die ökonomische Vernunft. Schon deswegen bleibt die Autorenschaft der Wahrheit ebenso überschaubar wie undurchschaubar, um nicht zu sagen: schillernd. Prinzipiell eint sie wohl eine robust subversive Grundhaltung, die ihnen noch kein Steuerberater austreiben konnte.

Zu den Altinternationalen der schreibenden Spaßfront – den mittleren bis späten Jahrgängen der Neuen Frankfurter

Schule und verwandter Bildungseinrichtungen – haben sich neue Generationen komischer Autorinnen und Autoren gesellt. Zuletzt ist die Generation Lesebühne beim Marsch aus der Vorlesekneipe durch die publizistischen Institutionen auf die Wahrheit gestoßen. Ella Carina Werner und Volker Surmann, Uli Hannemann und Heiko Werning sind nur einige der vielen Autoren, die ihre Pointenfindigkeit dieser Literaturveranstaltungsform verdanken, auch wenn ihr Schreiben längst über die Lesebühne hinausweist.

Wie das gesamte Humorgewerbe wird auch die Wahrheit langsam weiblicher, mit Betonung auf »langsam«. In den letzten zwanzig Jahren konnte der Frauenanteil auf der Wahrheit-Seite von fünf auf sagenhafte dreißig Prozent gesteigert werden. So viele Frauen findet man sonst höchstens in deutschen Aufsichtsräten. Die beschwerliche Arbeit der humoristischen Weltdeutung findet aber nun einmal nicht in den Niederungen deutscher Chefetagen, sondern in den »heiligen Hallen der Wahrheit« statt, wie das Kontor in offiziellen Redaktionsverlautbarungen stets genannt werden muss. Eine Formulierung, die nicht etwa auf den realen Ort, sondern auf einen entrückten Hort der Weisheit verweist, der auf halber Strecke zwischen Shangri La und Wolkenkuckucksheim zu suchen ist. Gleich hinter dem verwaisten Tempel des Sarastro. Mehr wird aber nicht verraten.

Aus dieser luftigen Höhe scheint es nur angemessen, den gesamten Weltkreis und das bizarre Wirken seines Bodenpersonals für bekloppt zu halten. Wenn dann auch noch ausgesucht sinistre Spießgesellen wie der unheimliche Affenmann anrufen, ergibt sich ein alarmierendes Gesamtbild.

Ist die Welt, sind wir alle flächendeckend beknackt? So grenzdebil, imbezil und rettungslos dem Wahnsinn verfallen, wie der Titel dieses Buches einfühlsam andeutet? Der vorliegende Band legt jedenfalls erstmals stichhaltige Beweise für die menschheitsalte These vor. Dazu haben wir 66 Wahrheiten aus den letzten zehn Jahren versammelt – einer von Schmonzes und Bockmist bis ins Unterfell verkleisterten Dekade, die Experten schon jetzt für die irrste Dekade der letzten zehn Jahre halten.

Zur Erinnerung: Die verflixten Zehnerjahre begannen mit dem Unsinn einer Schuldenkrise, um sich anschließend in den eigens dafür erfundenen sozialen Netzwerken zu noch gröberem Schwachsinn zu radikalisieren. Irgendwo musste den Irren schließlich der Schmarren ins Haupt gezüchtet werden, der sie die Killerclowns Bolsonaro und Trump an die Macht und französischen Witzzeichnern eine Kugel in den Schädel liken ließ. Derweil marschierten angeblich nicht vorhandene Bataillone über die Krim, und das Vereinigte Königreich machte sich auf den Marsch aus der bald womöglich tatsächlich nicht mehr vorhandenen EU. Der Irrsinn in Syrien wurde unbeschreiblich, der Stumpfsinn der mörderisch besorgten Bürger hierzulande offensichtlich. Über die europäischen Grenzen marschierte der Treck der Davongekommenen, die anderen holte das Mittelmeer. In deutschen Parlamenten marschierten schon wieder Nazis. Als König Mumpitz tauchte ausgerechnet Friedrich Merz aus der Versenkung auf.

Solche Petitessen fielen aber kaum ins Gewicht, weil der Klimawandel immer unangenehmer ins Apokalyptische rutschte und Australien entzündete, wovon pünktlich zum Dekadenschluss eine Pandemie ablenkte. Eine todbringende Pandemie! Nach all dem Irrsinn! Der Virus erwies sich dann auch als unbezwingbarer Endgegner für die gebeutelte Restvernunft der Menschheit.

Statt Seelenruhe brachte der Lockdown beileibe nicht nur im Osten blühende Wahnlandschaften, und der stetig länger werdende Seuchenzug ließ den ganz speziellen Irrsinn des Regierungshandelns immer neue Sumpfblüten treiben. Dazu schlossen auch noch dauerhaft sämtliche Schankwirtschaften – und keine Rettung war nirgends.

Mit dieser ausgesucht heiteren Note soll der kleine Epochenrundgang enden. Deutlich wird: Kein vernünftiger Mensch konnte vom Bullshit-Büfett der abgelaufenen Dekade fressen, ohne sich anschließend unter Albträumen im Bett zu wälzen. Die verrückten Zehnerjahre werden der Welt noch eine ganze Weile schwer im Magen liegen.

Zum Glück gilt die aus feinster Binse geflochtene Weisheit, dass wer über die Weltzustände eher lacht, nicht nur ein weiser Narr, sondern sogar ein närrischer Weiser ist.

Von diesem wahlweise hilfreichen oder trügerischen Glückskeksaxiom scheinen auch die »Wahrheitistas« genannten Autorinnen und Autoren nicht unbeeindruckt: Die Texte in dieser Anthologie verweisen doch recht deutlich auf die resilienz- und renitenzfördernde Eignung der Komik.

Auch die Leserinnen und Leser der Seite, von denen etliche gar im ominösen »Wahrheitklub« organisiert sind, der in Normalzeiten gern seinen Unfug auf den beiden gängigen Buchmessen treibt, zeigen und zeigten Zustimmung: Wenn der Irrsinn der Dekade am tiefsten war, wurde ihr Gelächter umso lauter.

Ob die Pandemie nun vorläufiger Kulminationspunkt eines seit Menschengedenken grassierenden Wahnsinns ist oder als Großinkubator vollkommen neuer Schwachsinnsmutationen von verschärfter Infektionskraft in die Geschichten der Wahrheit eingehen wird, muss allerdings die nächste Anthologie entscheiden. Hier ist jetzt mal Redaktionsschluss.

Christian Bartel und Michael Ringel
Bonn und Berlin, Frühjahr 2021

Sodbrennen mit Omas Schlotze

Vorweihnachtszeit – Zeit für Nostalgie:
Wenn Großmütter Frankensteins Monster auf die Teller zaubern.

Von Christian Bartel

Die Vorweihnachtszeit nutzen Menschen gern, um sich nostalgischen Gefühlen wie dem Sodbrennen hinzugeben. Das aber ist gar nicht so einfach, weil oft die gastronomischen Voraussetzungen fehlen. Spätestens mit meiner Großmutter mütterlicherseits ist doch die letzte bedeutende Interpretin der westdeutschen Nachkriegsküche von uns gegangen, die auch Desserts auf der Basis von Schweineschmalz konzipierte.

Gemüse war nur zugelassen, wenn man es in Mehltunke ertränkte. »Und zuletzt noch einen Stich guter Butter«, hieß es bei meiner Oma, und schon war der Butterberg der EU, die damals noch EWG hieß, nur mehr halb so groß.

Bis an ihr Lebensende vertrat meine Großmutter die Auffassung, dass eine einzige Mahlzeit genug Energie abwerfen muss, um ein paar Hungerjahre in russischer Kriegsgefangenschaft zu überstehen. Ihre Gerichte waren so schwer, dass ich die Gabel nur mit Mühe zum Mund heben konnte, aber genau dies galt als Beweis, dass ich noch nicht kräftig genug war, sodass ich umgehend mit Nachschlag rechnen musste: »Iss, Kind!«

Genau wie Frankensteins Monster hatte das Essen meiner Großmutter keinen Namen. Es hieß nicht mal Suppe oder Eintopf, sondern war namenloses Grauen, eine graubraune Schlotze, in der Graupen, Raupen oder Schrauben dümpelten, so genau konnte man das nicht erkennen. Nur einmal ging meine

Mutter in die Küche, hob den Deckel und sagte mit Blick auf das Hühnermassaker: »Na, gibt's heute wieder ›Ausgebombt‹?«

Meine wortkarge Oma nickte, denn so war sie drauf, die Kriegsgeneration. Statt sich die Traumata beim Analytiker von der Seele zu reden, hat meine Oma den ganzen Wahnsinn Tag für Tag am Herd nachgestellt. Joseph Beuys rümpelte die Museen mit seinen Fettbergen voll, meine Oma hat sie gekocht.

Um die fußballgroßen Talgknödel aufzulösen, die sich in den Mägen bildeten, wurde Kaffee eingesetzt. Der war jedoch kein verdauungsförderndes Getränk, sondern rituelle Selbstbestrafung, mit der man sich die Kriegsschuld aus den Eingeweiden ätzte. Dieser angeblich »gute Bohnenkaffee«, den meine Oma in Wahrheit aus Eicheln und Teerklumpen zusammenkloppte, wurde erst serviert, wenn er auf der Warmhalteplatte zu bitterem Sirup verschmurgelt war. Man konnte literweise Dosenmilch reingießen, doch blieb er ein schwarzes Loch in Tassenform, das alles Licht aus der Welt und alle vier Klappen aus den Herzen fraß.

Heute dagegen stehen an jeder Ecke Vollidioten an arabicagefüllten Vollautomaten, und das gutbürgerliche Fettflächenbombardement ist bloß noch in verwilderten Dorfgasthöfen aufgegebener Landstriche wie Niedersachsen zu erleben, aber selbst dort wird mitunter gar nicht mehr mit Schweröl frittiert. Damit die Sehnsucht der Bevölkerung nach dem Nostalgiegefühl Sodbrennen trotzdem gestillt werden kann, hat die Bundesregierung Weihnachtsmärkte ins Leben gerufen, die mit Fettreserven aus dem Kalten Krieg arbeiten. Ein einziger Bissen der dort gereichten Speisen genügt, um das Weihnachtsgefühl in der Speiseröhre so heimelig brennen zu lassen wie Kerzen auf dem Adventskranz.

Oma übrigens war nie auf einem dieser Weihnachtsmärkte, vermutlich weil sie ahnte, dass man in den Fritteusen das alte Fett von Joseph Beuys wiederverwendete. Und von Kunst musste sie immer aufstoßen.

Versteinerte Weichheit

Dass die Sachsen nie vollständig unterworfen oder gar zivilisiert wurden, rächt sich nun bitterlich.

Von Michael Bittner

Mit Verwunderung blickt ganz Deutschland auf einen kleinen Flecken am Rande der Republik: Sachsen. Ein Bundesland, das bislang nur für eine sympathische Sprachbehinderung seiner Einwohner und den Schnauzbart von Wolfgang Stumph bekannt war. Das abgelegene Ländchen steht nun plötzlich mitten im Licht jener brennenden Flüchtlingsheime, die allnächtlich von jungen Sachsen angezündet werden. Tagsüber melden sich derweil besorgte Sachsen mit kritischen Anmerkungen zur Migrationspolitik wie »Mistvieh!«, »Hure!« oder »Fotze!« zu Wort. Was ist bloß los im Freistaat?

Erstaunt und erschrocken müssen wir zur Kenntnis nehmen, dass sich mitten in Deutschland schleichend eine Parallelgesellschaft gebildet hat. Unter unseren Augen und doch unbemerkt ist sie entstanden. Die sächsische Parallelgesellschaft hat inzwischen eigene Gesetze: Grundrechte wie die Demonstrationsfreiheit gelten nicht mehr. Das Recht auf Leben und körperliche Unversehrtheit ist mitnichten überall sicher. In viele national befreite Zonen traut sich die deutsche Polizei schon nicht mehr hinein. Stattdessen patrouilliert dort der Heimatschutz, eine Art Schariapolizei, deren Heilige Schrift jedoch von einem Propheten aus Braunau am Inn verfasst wurde.

Dieser Bürgerwehr gelten demokratische Werte und die christliche Kultur nichts mehr. Gegrüßt wird mit erhobener

Rechter, gebetet wird zu Wotan und Thilo Sarrazin. Selbst grundlegende Errungenschaften der Zivilisation, so etwa die Rechtschreibung und die Grammatik, scheinen in der sächsischen Parallelgesellschaft vergessen. Es ist nicht verwunderlich, dass erste Stimmen einen Austritt Sachsens aus der Bundesrepublik fordern.

Einigen Einheimischen wäre eine solche Sezession auch ganz recht. Nach dem Vorbild des Islamischen Staates (IS) könnten sie sich dann unbeschwert an die Errichtung eines Sächsischen Staates (SS) machen. Einigen Sachsen juckt es erkennbar schon in den Fingern, Relikte einer überwundenen Fremdkultur wie Parlamente und Zeitungsredaktionen endlich in die Luft jagen zu können.

Will man das Rätsel Sachsen lösen, muss man in die Geschichte schauen. Denn auch die Sachsen selbst richten ihren Blick am liebsten zurück in die gute alte Zeit. Es war im Mittelalter, als sich am Fuße des Erzgebirges und im Tal der Elbe Germanen und Slawen zur fröhlichen und friedlichen Völkervereinigung trafen. So entstanden die Sachsen, die ihren multikulturellen Ursprung leider über die Jahrhunderte ein wenig verdrängt haben.

Ungefähr eine halbe Million Kinder mit mehreren Frauen soll August der Starke gezeugt haben – die männlichen Sachsen lieben ihn noch heute für diese Leistung. Sie selbst kommen über anderthalb Kinder mit einer Partnerin nicht mehr hinaus, was umso unverständlicher ist, als sächsische Frauen völlig zu Recht als attraktive Geschöpfe gelten.

Spaziert man an einem sonnigen Sonntag durch Dresden, sieht man die Sachsen friedvoll und gelassen am Strand der Elbe lagern. Kaum glaublich scheint es bei diesem Anblick, dass am folgenden Tag einige ebendieser Sachsen zornentbrannt aufmarschieren, einem Lügner und Banditen zujubeln und gegen »Volksfahrräder« anbrüllen werden. Doch es ist so.

Hier wird die Schattenseite des sächsischen Charakters sichtbar: Weichheit versteinert zu unnachgiebiger Härte, übermäßige Süße verdirbt zu Bitternis. Die vielen politischen und militärischen Niederlagen haben den Sachsen nämlich trotz kultureller Blüte auch einen Minderwertigkeitskomplex in die Seele gepflanzt und ein Misstrauen gegen alle Invasoren.

Man lache nicht über solch historische Erklärung: Die Preußen mögen den Siebenjährigen Krieg und den Wiener Kongress längst vergessen haben, die Sachsen aber haben weder vergessen noch vergeben! Erst recht nicht die ständige Bevorzugung Ost-Berlins zu Zeiten der DDR! So fürchtet der Sachse auch heute noch beständig, wieder einmal von Fremden verarscht oder bestohlen zu werden.

Wie passt dies aber damit zusammen, dass Sachsen so viele Fremde als Touristen recht gern begrüßt? Leider recht einfach: Viele Sachsen haben es sich angewöhnt, jene Fremden, denen man Geld aus der Tasche ziehen kann, freundlich willkommen zu heißen, jene Fremden aber, die Hilfe brauchen, verärgert von sich zu weisen.

Nach ihrer Nützlichkeit beurteilte schon der anonyme Autor des Buches »Dresden, wie es ist, und wie es seyn sollte« im Jahre 1800 die Menschen: »Es ist ganz natürlich, daß es an Fremden in einer Residenz, besonders in Dresden, wo so viele Merkwürdigkeiten zu sehen sind, nicht fehlen kann. Aber gerade diese Klasse bringt der Stadt eher Nachtheil als Vortheil.« Auch noch andere Fremde störten ihn: »Juden werden von Tage zu Tage mehr, und auf allen Straßen wird man von solchen Leuten angefallen.«

Ob dieser anonyme Autor die Dynastie der Bachmänner begründete? Touristen werden heute von den Sachsen im Allgemeinen zwar etwas günstiger beurteilt. Wer aber einmal in einem der teuren und recht geschmacklosen Restaurants in der Dresdner Altstadt gespeist hat, dem wird vielleicht aufgefallen sein, wie sich unter der übersüßen Freundlichkeit der unterbezahlten Kellnerin nur mühevoll eine bittere Aggressivität verbarg.

Was sollen die Sachsen nun machen, da ihr Ruf vorerst ruiniert ist? Bleibt ihnen vielleicht nur die Auswanderung, die Flucht nach Russland unter den Schutz Wladimir Putins? Erst einmal kann Entwarnung gegeben werden: Die Sachsen werden auch in Deutschland weiter gebraucht. Und zwar von jenen hässlichen Deutschen, die sich gleich ein wenig hübscher vorkommen, wenn sie mit dem Finger auf hässliche Sachsen zeigen.

Nicht nur Ausländer kann man abschieben, sondern auch den Rassismus. Wer sich einen guten Anwalt leisten, wer beim Abgeordneten seines Vertrauens anklingeln kann, um ein Flüchtlingsheim zu verhindern, der muss es natürlich nicht anzünden. Und kann ganz befreit auflachen über alle Untermenschen, sächsische und nichtsächsische.

Stammgermanen, Schlammgeburten

Neben den berüchtigten Reichsbürgern lehnen auch weitaus traditionsreichere und ältere Barbarenhorden die Bundesrepublik ab.

Von Thilo Bock

Sie sind mitten unter uns. Kaum einer bemerkt sie, und wenn doch, tut man sie vorschnell als Spinner ab. Das stört sie nicht im Geringsten, denn sie lehnen unser Wertesystem ohnehin ab. Die Stammgermanen – sie leben unbemerkt in deutschen Wäldern.

Zu ihren Anführern zählt Ingwar der Schiefe. Gerade hatte er alle Hände voll zu tun mit den Begräbnisfeierlichkeiten für seinen Vater und ist zu allem Unglück liegen geblieben mit einem alten Unimog. Die Hinterachse war gebrochen. Weil der Rest seiner Sippe beim Jagen war, kam Ingwar auf die Idee, bei der ADAC-Pannenhilfe anzurufen.

Eine dumme Idee, wie er im Nachhinein findet. Ingwar der Schiefe schüttelt das zottelige Haar. »Da fragt mich der Hotline-Flachkopp, ob ich Steine geladen hätte! Ich mein, ich stand mit 'nem Achsbruch im Hohlweg, und jeden Moment konnte der einäugige Gantfred mit seiner Mufflonherde vorbeiziehen.«

Ingwar ist immer noch ziemlich geladen. Dabei war sein Wagen lediglich mit einem einzigen Stein beladen, einem großen Stein. Einem sehr großen Stein. Dem größten Stein, den Ingwar hatte auftreiben können. Das Grab für Wendelbert den Schmächtigen ist ein Hünengrab. Diese hierzulande untypische Art der Beisetzung wird von den wenigsten Bestattungsinstituten angeboten. In der Familie Ingwar des Schiefen ist sie dennoch üblich.

»Bei uns finden alle Männer ihre letzte Ruhe in einem Hünengrab, und das seit Jahrhunderten«, bestätigt Ingwars Bruder Rodewin der Geruchslose. Die Familie blickt zurück auf eine lange Tradition, die sie bewahren konnte dank einer Parallelexistenz zu den jeweiligen politischen Verhältnissen. »Dieses Deutschland interessiert uns einen feuchten Wurmschiss!«, konstatiert Rodewin trotzig. Die Bundesrepublik ist für ihn kein souveräner Staat, sondern eine Behelfseinrichtung für – wie er sich ausdrückt – »Menschen, die den Vogelflug nicht richtig deuten können«.

Stammgermanen wie Ingwar der Schiefe und Rodewin der Geruchslose behaupten, seit der Vertreibung der Römer ohne Friedensvertrag zu leben. Den entscheidenden Schritt haben ihre Vorfahren jedoch unternommen, als die Karolinger kamen, um ihr Fränkisches Reich zu vergrößern und die Unterworfenen zwangszutaufen. »Das wollten wir nicht mitmachen«, sagt Ingwar. »Da haben wir uns einfach im Wald versteckt. Offiziell sind wir nie unterworfen worden.«

Ihrer Auffassung nach sind die Stammgermanen frei und ungebunden ohne Papiere, aber mit eigener Rechtsprechung am Fuß einer mächtigen Eiche. Und trotzdem gehen sie mit der Zeit. Ganz selbstverständlich benutzen sie Computer und Smartphones, auch wenn der Empfang in ihrem Wald nicht gerade optimal ist. Das empört Rodewin sehr. »Diese Schlammgeburten geben sich größte Mühe, unser Siedlungsgebiet in ein Funkloch zu tauchen.«

Derartige Vorwürfe weisen die zuständigen Behörden weit von sich. Vielmehr hätten die Waldbewohner die mit dem Bau eines Sendemastes beauftragte Firma mit Äxten und Steinen vertrieben. »Die wollten unsere Odinseiche fällen«, sagt Rodewin. »Es hat nicht viel gefehlt, und die Telekom hätte einen

Märtyrer gehabt wie damals die Kirche mit ihrem ignoranten Bonifatius.«

Der Kleinkrieg mit Netzbetreibern, das Problem mit dem ADAC, der keine Plakette für Germanien anbietet – allenfalls Beiwerk eines grundsätzlichen Konflikts mit dem deutschen Staat, den die Stammgermanen nicht anerkennen. Ihrer Auffassung nach besteht Deutschland aus einer Vielzahl voneinander unabhängiger Stammesgebiete mit jeweils eigenständigen Verwaltungen, die sogenannten Gaufürsten unterstehen. Einer von ihnen war Wendelbert der Schmächtige, Ingwars und Rodewins jüngst leider verstorbener Vater.

Aus Sicht der Stammgermanen sind Finanzforderungen des Staates illegal. »Kackt mein Hund in den Wald, kackt er in Stammesgebiet. Da muss mir keiner mit einem Tütchen kommen«, schimpft Rodewin. Jüngst war es zur Auseinandersetzung zwischen ihm und einer Mitarbeiterin des Ordnungsamts gekommen, nachdem Rodewins Dogge Hampfwahn in den Kasseler Stadtpark gekotet hatte.

»Für die Stammgermanen ist quasi jeder Flecken Deutschlands Stammesgebiet«, erklärt Kriminalpsychologe Klaus Hansen. Er befasst sich seit Jahren mit dem Phänomen. »Wenn ein Stammgermane umzieht, ist das Teil einer immerwährenden Völkerwanderung.« Die Stammgermanen sind keine homogene Gruppe und sogar teilweise seit Generationen verfeindet. Das äußert sich mitunter in kämpferischen Auseinandersetzungen, denen die Behörden machtlos zusehen. Auch ist man bemüht, nicht zwischen die Fronten zu geraten. Unlängst wurde ein Mannschaftswagen der thüringischen Polizei von mehreren riesigen Felsbrocken getroffen, abgefeuert von einem mächtigen Katapult. Der TÜV hat dieses Gerät nach einer anschließenden Prüfung sofort aus dem Verkehr gezogen.

Die Stammgermanen haben eigene Währungen, jeder Stamm eine andere, für die es selbst untereinander keine

Wechselkurse gibt. Das führt zwangsläufig zu Konflikten mit dem deutschen Fiskus. So wurde der Familie von Ingwar und Rodewin gerade eine Steuernachzahlung für die letzten 1.500 Jahre zugestellt. Die Brüder halten sie für unerfüllbar. »Selbst wenn wir zahlen wollten: Wo sollen wir denn die ganzen Eicheln herkriegen, die wir dieser BRD da schulden?«

Wie viele Stammgermanen es in Deutschland gibt, weiß niemand. Die meisten verstecken sich dauerhaft im Wald. Doch viel schlimmer als die Konflikte mit öffentlichen Stellen ist für die Stammgermanen, dass sie in letzter Zeit häufig mit der in Mode gekommenen Bewegung der Reichsbürger verwechselt werden. Ingwar der Schiefe kann darüber nur seine blonden Zöpfe schütteln. Reichsbürger sind für ihn die allergrößten Weicheier. »Die berufen sich auf das Deutsche Reich, das nicht einmal läppische 100 Jahre gehalten hat. Nicht einen einzigen Krieg haben die gewonnen!«, echauffiert er sich. »Germanien dagegen gab es schon, da war Rom noch nicht mal zu Ende gebaut.«

Das Hünengrab von Wendelbert dem Schmächtigen ist rechtzeitig fertig geworden. So konnte der Vater von Ingwar und Rodewin mit allen erdenklichen stammgermanischen Ehren mitten im Wald unter einem riesigen Stein bestattet werden, an der Seite seines geliebten Pferdes Donnerpfuhl.

TOUCHÉ by ©TOM
HALLO! ICH BIN DIE WIE-JETZT-SO-SPÄT-SCHON-FEE UND…
HA! HABEN „SIE" DICH GESCHICKT?
? WELT ? ?
PIZZA
ICH WEISS, DASS „SIE" DIE WELT BEHERRSCHEN! ICH WILL NUR WISSEN: WER ZIEHT IM HINTERGRUND AN DEN FÄDEN?
VERSCHWÖRUNG
THEORIE
PRAXIS
KAPITAL
WELT
??

Trinkfeste Halsbrecher

Seit dem 1. Januar führt das weinreiche Kroatien als Ratspräsident die EU in den turbulenten Rausch der goldenen Zwanziger.

Von Thomas C. Breuer

Seit dem 1. Januar hat Kroatien für die erste Halbzeit des Jahres die EU-Ratspräsidentschaft inne – ein Land, das erst im Sommer 2013 der Europäischen Union beigetreten wurde. Kann ein Land, das nicht unbedingt dafür bekannt ist, den europäischen Gedanken weiterzuentwickeln, in diesen Krisenzeiten neue Akzente setzen? Durchaus, wobei allerdings niemand zu beurteilen mag, wie sich die Entlassung von Niko Kovač beim FC Bayern auf die bilatrinalen Beziehungen zwischen München und Zagreb auswirkt. Immerhin, beim internationalen Korruptionsindex konnte sich das K-Land um einen Platz auf den 58. Rang verbessern.

Ein Feldvorteil Kroatiens: Alkoholisch ist das Land breit aufgestellt, was den oft zähen EU-Verhandlungen neue Impulse vermitteln dürfte. Die Bürokroaten in Zagreb sind als trinkfest bekannt, und sie lassen es nicht bei Schnäpsen aus der Kroatzbeere oder dem Nationalgetränk Rotwein-Limo bewenden. Wobei das heimliche Nationalgetränk Sliwowitz genau so schmeckt, wie es heißt.

Ohnehin ist Kroatien längst kein banales Reiseziel mehr, sondern eine Destination: Balkan statt Balkonien. Die Fotostrecken einschlägiger Hochglanzmagazine zeigen Riesentrüffeln, malerische Obstgärten, muskelbepackte Olivenheinis oder halsbrecherische Weinberge. Von den kriegerischen

Auseinandersetzungen der Neunzigerjahre ist zum Beispiel in Istrien nur noch wenig zu sehen, ebenso wenig in allen 101 dalmatinischen Weingütern oder in Nachbarregionen wie Slawonien und Slawinien.

Namen wie »Motovuner Mördergrube« oder »Buzeter Herzblut« erinnern jedoch an die traditionell blutigen Auseinandersetzungen zwischen slowenischen und istrischen Winzern. Die Böden enthalten unter einer dünnen Splitschicht sehr viel Metall (Patronenhülsen, Schrapnelle, Minen, Kanonenkugeln et cetera), sodass die dort ausgebauten Rotweine nicht eigens mineralüberholt werden müssen.

In der Nähe der kleinen Gemeinde Gora Versacovič werden die Trauben noch heute mit Handgranaten von den Rebstöcken geholt, was den Winzern zwar einen Arbeitsgang erspart, den Verschleiß an Erntehelfern im Weinberg aber deutlich erhöht. Nur die Flinken und Starken überleben die strapaziöse Lese. In zahllosen Versuchen gelang es wiederum dem Winzer Mladen Basic, der sich nebenberuflich als Trüffelverleiher betätigt, die Wildrebe »Teran« zu domestizieren. Es ist der »Wein der Starken«.

Die kroatische Bevölkerung ist von Italienern und Habsburgern geprägt: Von Ersteren haben sie die mafiösen Vertriebsstrukturen geerbt, von den Österreichern den Schmäh. Istrische Weine sind beileibe keine Armutstropfen, vor allem wenn man sie in Akazienholzfässern ausbaut – viele werden prämiert, nur wenige deprimiert. Legendär ist der 1999er »Drastica Magica« von Dejan Titanic, der ordentlich Seegang macht. Mit diesem Spitzengewächs hat man schon bei den Beitrittsverhandlungen im Jahre 2011 die EU-Kommissare erfolgreich unter den Tisch gesoffen.

Der Drastica passt sogar zu Fisch aus der Bucht von Piran, um die sich Kroatien in turnusmäßigen Scharmützeln mit Slowenien streitet, bei denen regelmäßig Fischer eingebuchtet werden: EU einmal anders. Europa darf sich dennoch auf die kroatische Ratspräsidentschaft freuen, auch wenn bis zur Stunde noch nicht vollständig klar ist, wer dem Land in Zukunft präsidial vorstehen wird.

Zwar konnten sich die kroatischen Wähler nach einigen Wahl- und Wandelgängen durch die Weinberge knapp auf den trinkfesten Sozialdemokraten Zoran Milanović einigen, doch bleibt abzuwarten, wie Literaturnobelpreisträger Peter Handke mit der Situation umzugehen gedenkt. In allen Balkanfragen behält sich der deutschsprachige Starkdichter gern das letzte Wort vor. Aber ein Fässchen kroatischen Starkweins wird ihn schon gnädig stimmen.

Die Schrankwände der anderen

Entsetzen macht sich breit in den Videokonferenzen:
Was zur Hölle steht da hinter den Kollegen?
Und warum sind Schrumpfköpfe im Fenster zu sehen?

Von Laura Brinkmann

Sieht man sich in den gerade allüberall üblichen Videokonferenzen die Wohnungen der Kollegen zu Hause oder der Experten im Fernsehen an, könnte man meinen, die Deutschen bauten ihre Häuser aus Büchern, um sich gegenseitig zu versichern, dass sie lesen können. Aber auch neben diesen »Schwarten der Erkenntnis« (Heidegger) gibt es genug, was sich bei der Videokonferenz in den Blick zu nehmen lohnt.

So lernt man viel Interessantes über andere: Malt der Kollege seine Aquarelle selbst, oder versucht er, mit seinen talentierten Kindern anzugeben? Glaubt die Kollegin tatsächlich, dass wir ihr ihre Freude darüber abnehmen, so viel Zeit mit ihrem Schatzi zu verbringen, während sie offensichtlich allein in ihrem Ferienhaus sitzt? Und besitzt unser Nachbar wirklich mehrere Schrumpfköpfe und dekoriert damit seine Fenster? Letzteres wurde zwar nicht bei der Konferenz, sondern durchs Fernglas beobachtet, aber interessant bleibt die Frage allemal.

In ganz Deutschland häufen sich die telekommunikationsbedingten Vorkommnisse: Eine Frau, die in Bayern eine gehobene Beamtenposition innehat, erreichte durch einen richterlichen Schnellbeschluss, dass sie, »solange dieser ganze Scheiß« andauere, nicht arbeiten muss. Die juristische Begründung: Die Gesichter ihrer Kollegen seien einfach unzumutbar hässlich und in der Videokonferenz unerträglich nah.

Und dann hätten sie auch noch alle Ikea-Möbel. Die Kollegen wirkten betroffen, konnten die Kritik jedoch nachvollziehen.

Doch nicht jede Telekommunikation – oder »Telko«, wie Arschlöcher sagen – läuft so glimpflich ab: Mehrere Feuilletonkonferenzen eskalierten so sehr, dass die Polizei gerufen werden musste. Einzelne Redakteure waren ausgerastet, da die Kollegen ihren vermeintlichen Originalausgaben in der »Holzmedientapete« (Kathrin Passig) nicht genug Aufmerksamkeit geschenkt hatten. Den Beamten gelang es aber routiniert, die Situation zu entschärfen: »Das ist aber ein schönes Reclam-Heft, das Sie da haben. Das war bestimmt teuer!«

Auch bei sogenannten Persönlichkeiten gibt es im Hintergrund einiges zu entdecken: Hatte Cem Özdemir damals bei der Ice Bucket Challenge die Hanfpflanze noch in sein Video gerückt, um auf irgendetwas hinzuweisen, passieren anderen solche Fehltritte unabsichtlich. So hat eine aufmerksame Zuschauerin bei einem von Alexander Gaulands nun via Skype übertragenen wöchentlichen Auftritten in der Gauland-Sendung *Anne Will* auf seinem Schreibtisch »Panzerschokolade« entdeckt. Das gute, alte Pervitin, mit dem sich schon die Wehrmacht wachhielt und das denselben Wirkstoff enthält wie heute Crystal Meth. Sechs Kilo Stoff, nur notdürftig hinter einer Ausgabe von »Mein Kampf« versteckt.

»Ich werde dazu keinen Kommentar abgeben«, so Gauland in einer Stellungnahme, »aus dem Sie dann eine Verbindung zwischen mir und den ›Göring-Pillen‹ herstellen«, erklärte er den erstaunten Journalisten, die sich bis jetzt voll und ganz auf seine lustige Krawatte konzentriert hatten. Nun haben die Medien beschlossen, sich damit zu beschäftigen, was dieser Gauland eigentlich beruflich macht. Dafür könnte sich auch der Verfassungsschutz interessieren, vermuten manche Journalisten.

Selbst Bundeskanzlerin Angela Merkel sorgte entgegen ihrer sonstigen Natur für Schlagzeilen: Während sie in ihrer zweiwöchigen Quarantäne für ihre Fans einen virtuellen Rundgang durch ihre Wohnung machte, war ihr Gatte Joachim Sauer gerade dabei, die Betten neu zu beziehen. Zufällig entdeckte er vor laufender Kamera, dass Merkel das gesamte SED-Vermögen in ihrem Kopfkissenbezug versteckt hatte.

Anderen Politikern gelingt es, geschickter mit den neuen Möglichkeiten der Kommunikation umzugehen. So behauptete Robert Habeck keck, er habe »einfach vergessen«, seine Bilder vom FKK-Urlaub in Schleswig-Holstein vor einem *Tagesschau*-Interview abzuhängen, und wurde dafür mit einem Stimmenzuwachs von fünf Prozent und zahllosen Eisprüngen belohnt.

Auch Annegret Kramp-Karrenbauer konnte die Gunst der Stunde nutzen und sich durch zahlreiche virale Hits aus dem Homeoffice bei der Jugend beliebt machen. Videos wie »Aushalten-Challenge – Wie lange noch CDU-Vorsitz?« oder »Top 10 meiner besten Sprüche – Vorsicht! Herrlich politisch unkorrekt XD Live Performance in der Küche« bieten nicht nur interessante Einblicke in ihren Haushalt, sondern erhalten zum Teil auch mehrere Dutzend Klicks.

AKK vermittelt uns allen damit eine wichtige Lektion: Selbst aus Ausnahmesituationen kann man Profit schlagen, wenn man sich nicht andauernd damit ablenkt, auf anderer Leute Schrankwände oder Schrumpfköpfe zu starren. Aber es macht halt solchen Spaß!

Ein Hauch von Beige

Nach den Oscars ist vor der »Mediokrale«:
Unter dem dünnen Firnis von Glamour brodelt im Filmgeschäft
die Durchschnittlichkeit.

Von Katinka Buddenkotte

Parallel zur 90. Oscar-Verleihung in Hollywood, bei der vor allem um das unglaubwürdigste Lippenbekenntnis zu Diversität und Gleichberechtigung gerungen wurde, feierte man bei der Preisverleihung »Mediokrale« lieber die Eigenschaften, die das Film- und Fernsehgeschäft zu jener unerbittlichen Unterhaltungsmaschine gemacht haben, vor der es kein Entrinnen gibt: den unbedingten Willen zur Banalität und die Fähigkeit, jede kreative Regung schon im Keim zu ersticken.

Vom geografischen Mittelpunkt der USA in Belle Fourche, South Dakota, sind es gut 45 Minuten Autofahrt in eine beliebige Richtung, bis man den Veranstaltungsort der »Mediokrale 2018« erreicht: ein typisches Einfamilienhaus in einer reizlosen Straße, das die Besitzer Dwayne und Charlene Smith der Jury achselzuckend für einen halben Tag überlassen haben.

Im Wohnzimmer der viereinhalbköpfigen Familie wurden Snacks bereitgestellt, in der Küche wartet eine Kanne koffeinfreier Kaffee auf die eher unwahrscheinliche After-Show-Party. Sogar eine Leinwand hat die Crew an der Wand installiert, denn anders als in den letzten Jahren wird internationales, ja überhaupt Publikum erwartet.

Kurz nachdem wir Platz genommen haben, betritt die Moderatorin den Raum. In diesem Jahr fiel das Los auf die 54-jährige Barbara Nutworth, und ihr Gesichtsausdruck lässt erkennen, dass ihre Aufregung sich in den vorgegebenen Grenzen hält. Als Mittelschullehrerin und Schöffin geschult, berichtet sie mit monotoner Stimme vom Hintergrund des Awards: Mit unbestimmtem Missfallen habe man über die Jahre beobachtet, wie die Filmindustrie ihre Hauptaufgabe habe schleifen lassen, nämlich das Einlullen und Einschläfern der Zuschauer.

Statt auf auswechselbare Charaktere und eine plätschernde Story setze man weltweit nun auf politische Themen, womöglich sogar auf Inhalte. Ungeachtet der Tatsache, dass ein großer Teil der Bevölkerung schon durch Überschuldung, Sodbrennen und Opiatentzug an Schlafstörungen litte, würden Filme produziert, die zum Nachdenken anregten. Da diese Tätigkeit weder von Gott noch der Regierung gewollt sein kann, hätte man Handlungsbedarf gesehen. Mit der Verleihung des Preises, der durch einen Klumpen Lehm symbolisiert werde, wolle man daher Macher und Akteure ehren, die ihr Handwerk noch als solches verstünden.

So wird der erste Klumpen des Vormittages in der Kategorie »Ausstattung« verliehen, und zwar an die Dekokissen und Tagesdecken »einer beliebigen Rom-Com mit irgendeiner Jennifer oder wie die jungen Dinger eben heute so heißen«. Der Nachwuchs-Award geht an sämtliche Kinderdarsteller, die ihren Filmeltern um den Hals fallen und dann schleunigst vom Bildschirm verschwinden.

Barbara verlässt die Bühne, um einem Experten das Podium zu überlassen. Dwayne senior hat es sich als Hausherr nicht nehmen lassen, den Preis für die beste Regie im besten Film mit den besten Schauspielern aus eigener Hand entgegenzunehmen. Ironiefrei trägt der alte Haudegen seinen Morgenmantel als Abendgarderobe und weist mit gereckter Faust darauf hin, dass ein Film keine harte Arbeit ist, sondern harte Arbeit zeigen sollte. Mit seinem Erstling »Back off, Broke

Mountain« zeigt er, wie zwei Männer gemeinsam Vieh hüten, ohne auf dumme Gedanken kommen zu müssen. Das angebliche Problem der Pay-Gap, der viel diskutierten Einkommenslücke zwischen Männern und Frauen, löste der Quereinsteiger, indem er keine Damen ans Set ließ. Selbst die Schlussszene in der Striptease-Bar sei mit geschorenen Schafen gedreht worden.

Bevor es zu unbeabsichtigten Höhepunkten kommen kann, wird nun bewusst auf aufgeblasene Showeinlagen nach Hollywood-Manier verzichtet. Stattdessen erhebt sich ein junger Kerl und berichtet, dass er eigentlich nur hier sei, um die ausgeliehene Rohrzange zurückzubringen. Halbwegs spontan wird er für seine Leistung als »Kaum störender Nebendarsteller« geehrt. Das Publikum feiert ihn mit Ignoranz, vereinzelt wird geschnarcht.

Die Auszeichnung für »Unaufgeregte Mimik« gewinnt bei den Damen Botox, bei den Herren Ben Affleck. Die lethargische Stimmung droht kurz ins Lauwarme zu kippen, als es zu einer Verwechslung bei der Rubrik »Durchschnittlichster Film« kommt. Wenig überraschend werden hier Sequels nominiert und zunächst der Favorit »Avatar – Dasselbe in Grün« genannt, im Anschluss wird der Preis jedoch an die deutsche Reihe »Beliebiges Stofftier mit fehlendem Körperteil« verliehen. Begründung der Jury: Die völlige Emotionslosigkeit aller Beteiligten bekämpft Inhalte wirkungsvoll ab der ersten Minute. Prädikat: Besonders mittel. Der Preis für das Lebenswerk ging jedoch an sämtliche Baldwin-Brüder. Beim Versuch, alle aufzuzählen, erlag das gesamte Team einem wohlverdienten Nickerchen.

Grenzfrage der Kunst

Von Fritz Eckenga

Sollte man nicht
dem Daseinsverdüsternden,
dem Unausstehlichen,
dem Unerträglichen,
dem Hässlichen,
zusammengefasst: dem Kotzreizerzeugenden,
also zum Beispiel: Björn Höcke,
mit den Mitteln der schönen Kunst,
sprachlich gewandt,
elegant,
nonchalant,
sozusagen mit leichter Hand
volles Pfund was in die Fresse hauen?
Also zum Beispiel: ein Gedicht?
Och nö.
Das merkt er ja nicht.

Nächtlicher Heimweg

Von Eugen Egner

Aus eins mach zwei mach drei: Wir sind viele, besonders ich. Kompliziert wird es, wenn man seinen Doppelgängern begegnet.

An einem Sonntagmorgen kam ich wieder einmal mit der letzten S-Bahn aus dem Stadtzentrum zurück. Wie üblich absolvierte ich den Rest des Heimwegs zu Fuß, da ich mir kein Taxi leisten konnte.

Der kürzeste Weg war der durch eine heruntergekommene, um diese Zeit völlig ausgestorbene Straße. Die Beleuchtung ließ zu wünschen übrig, und es gab ein paar finstere Stellen. Als ich eben die einzige intakte Straßenlaterne weit und breit passiert hatte, kamen zehn Meter vor mir zwei Personen aus einem abbruchreifen Haus. Sie gingen in dieselbe Richtung wie ich und schienen von mir keine Notiz zu nehmen. Auf den ersten Blick fand ich, dass die beiden mir auffallend ähnlich sahen. Den Eindruck, mich selbst in doppelter Ausführung zu sehen, hatte ich nicht. Vielmehr fragte ich mich, wie zwei Fremde dazu kamen, solche Ähnlichkeit mit mir zu haben. Ich war entschlossen, ihnen zu folgen.

»Die werden doch nicht dasselbe Ziel haben wie ich?«, kam mir in den Sinn. »Was tu ich nur, wenn sie auch zu mir nach Hause gehen?«

Doch das war unlogisch. Wenn sie nicht ich waren, konnten sie auch nicht zu mir nach Hause unterwegs sein. Und wirklich wandten sie sich nun dem Eingang eines der wenigen gepflegten Häuser in der Straße zu, stiegen die Stufen zur Haustür empor und verschwanden. Es war mir nicht möglich, jetzt einfach weiterzugehen. Ich musste wissen, was es mit den zweien auf sich hatte.

Die Haustür gab dem Druck meiner Hand nach, gedämpftes Licht empfing mich, und ich trat vorsichtig ein. Wie ich überrascht erkannte, hatte ich aber kein Treppenhaus vor mir, sondern eine leere Halle, die das gesamte Gebäude bis unters Dach einnahm. Wie in einem Schwimmbad war die Bodenfläche fast völlig von Wasser bedeckt. Ich stand kaum drei Meter vom Beckenrand entfernt. Die Personen, denen ich folgte, konnte ich nirgendwo erblicken. Vielleicht hatte ich sie mir nur eingebildet?

Das tiefe Wasser vor mir machte einen bedrohlichen Eindruck. Dieser Ort konnte nicht gut für mich sein. Ich wollte schnell wieder nach draußen, um meinen Heimweg fortzusetzen. Wie ich mich umwandte und zur Haustür laufen wollte, stieß ich beinahe mit einer plötzlich zwei Schritte hinter mir stehenden Gestalt zusammen. Es war eine ältere Frau, gekleidet wie eine Stewardess aus den Sechzigerjahren. Erstaunt fragte sie mich: »Wohin willst du? Wo ist dein Pendant?«

Daraus schloss ich, dass sie mich für einen meiner Doppelgänger hielt. Ohne zu antworten, lief ich an der Frau vorbei zur Haustür. Einen Augenblick lang befürchtete ich, Letztere könne inzwischen abgeschlossen sein, aber das war sie nicht. Ich riss sie ungehindert auf, prallte jedoch zurück bei dem Anblick, der sich mir bot. Bürgersteig und Straße quollen über von Menschen. Schweigend bewegten sie sich zügigen Schritts in die Richtung, in die auch ich wollte. Und alle sahen aus wie ich.

Müll ist in der kleinsten Hütte

Der neueste, sehr heiße Scheiß:
Containern in den eigenen vier Wänden.
Auf den Spuren ebenso junger wie erfahrener Selbstcontainer.

Von Leo Fischer

Dunkel und friedlich liegt sie da, die Einbauküche von Anna Bögemann, 24. Es ist zwei Uhr nachts; die Küche, sonst ein Ort geschäftigen Treibens, ist jetzt verlassen. Da zuckt ein Lichtschein über die schlammfarbenen Fliesen. Er gehört der Stirnlampe von Bögemann, die selbst gerade durch die Durchreiche klettert. Mit einem kleinen Hammer befestigt sie einen Kletterhaken in der Regalwand neben sich, zieht das Seil hindurch, lässt sich fallen – und sitzt schließlich mit einem eleganten Schwung auf der Anrichte auf. Vorsichtig bewegt sie sich an schmutzigem Geschirr vorbei, balanciert über ein Schneidbrett, bis sie schließlich den Abfalleimer, das Ziel ihrer Wünsche, erreicht hat. Mit einem Draht hebt sie den Deckel an, mit einer kleinen Zange durchtrennt sie den Schließmechanismus – und rettet Lebensmittel, die sonst verloren gehen würden.

Am nächsten Morgen zeigt Anna Bögemann uns stolz ihre Ausbeute. Eine halbe Packung Landeier, vor zwei Tagen abgelaufen. Eine Flasche Erdbeersekt. Ein Strauß Bananen mit nur wenigen fauligen Stellen. »Für andere ist das Müll«, lacht sie ungläubig. »Für mich auch. Bis ich es mir dann anders überlege.«

Containern in der eigenen Wohnung – ein neuer Trend konsumkritischer junger Leute erobert die Städte. »Von den

Dingen, die ich täglich wegschmeiße, kann jemand wie ich prima leben«, sagt Bögemann, schält eine Banane, riecht daran und wirft sie wieder weg. »In fast jeder Wohnung lagern unvorstellbare Schätze, die irgendwann auf den Müll geworfen oder einfach vergessen werden. Da frage ich mich schon: Cui bono?«

An manchen Wochenenden klettert sie in den Papierkorb, wühlt sich stundenlang durch den Sack für die Kleidersammlung. Zwei Wochen verbrachte sie in einem unwirtlichen Teil ihres Badezimmers, kam zurück, schwer beladen mit Kosmetikproben und Dutzenden Packungen ungeöffneter alter Taschentücher. Ihr Ziel: dem Wegwerfdenken einen Strich durch die Rechnung machen. Und die Rechnung, die beginnt im eigenen Kopf. Erfahrene Selbstcontainer, wie sie sich selbst nennen, können monatelang in der eigenen Wohnung überleben, ohne sie je verlassen zu müssen. Im Gegensatz zu anderen glauben sie nicht, dass Containern in den Hinterhöfen der Supermarktketten etwas am System ändert.

»Im Zweifel ist das für die doch billiges Recycling«, raunzt Martin Knepper. In der Szene ist der Selbstcontainer ein Idol – er verlässt seit zwei Jahren sein Schuhregal nicht, erzeugt Strom aus Körperspannung. »Und ich finde hier täglich noch Neues«, sagt er stolz. Einfach weil der Skorbut sein Gedächtnis zerstört. Vor Kurzem hat er sein erstes Buch geschrieben, »Dumpster Living«. Das Manuskript kratzte er mit dem Fingernagel in eine Birkenstock-Sohle.

Die Warenmenge, die ein durchschnittlicher deutscher Haushalt im Jahr umsetzt, ist beachtlich. In Hamburg sind es 200 bis 300 Kilo Zeug, die pro Woche durch verschiedene Türen und Fenster in ein Einfamilienhaus hineingepresst werden. Lieferdienste warten nicht länger darauf, ob der Kunde bestellt – sie liefern auf Verdacht. Die dahinterstehende Technik heißt *Just-in-case*-Produktion.

»Die Lagerung ist viel teurer als Herstellung und Versand. Buchhalterisch ist es Käse, auf Bestellungen zu warten«, sagt der Logistikexperte Daniel Pascalzorn. »Der Algorithmus rechnet einfach aus, was die Leute diesen Monat wollen sollen, und präsentiert ihnen dann personalisierte Werbung für die Waren, die bereits im Abholcenter auf sie warten. Das wird alles mit den monatlichen Gebühren etwa von Amazon Prime verrechnet.«

Anna Bögemann weiß, dass sie gesetzlich verpflichtet ist, abgelaufene Lebensmittel sofort wegzuwerfen oder unter notarieller Aufsicht im Garten zu verbrennen. Es ist ihr gleich. Sie widersetzt sich bewusst einem System, von dem sie glaubt, dass es am Ende nur einer nützt: ihr selbst.

Die Rechtslage ist nicht gänzlich eindeutig. Einerseits entsteht durch das Eigencontainern niemandem Schaden. Andererseits sind die Leute, die es betreiben, meist vollständig unerträglich. In Einzelfällen wurden schon tägliche Räumungen angeordnet, um besonders schwer betroffene Wohnungen containerfrei zu halten. Doch sind diese Maßnahmen teurer, als die Selbstcontainer einfach ins Gefängnis zu werfen. Das Problem: Ihren bizarren Lebensstil können sie auch dort pflegen. Denn Müll ist in der kleinsten Hütte.

Anna Bögemann ist für heute noch lang nicht fertig. Sie nimmt ein Messer, das sie vor langer Zeit aus einer Türklinke schnitzte, und öffnet damit behutsam die Matratze, die sie kürzlich in ihrem Schlafzimmer fand. Nach ein paar kräftigen Schnitten stößt sie auf Gold: Schaumstoff, Schaumstoff in bester Qualität!

Die hagere Endzeitgestalt stößt ein triumphierendes Krächzen aus und teilt die Beute geschwind auf. Die eine Hälfte wandert sofort in Einmachgläser. Die andere Hälfte wird sie langsam über dem Gaskocher einschmelzen, bis der Stoff zu braunem Klumpatsch geronnen ist. Den wird Anna dann zu kleinen Tiegeln, Aschenbechern und Kunstgegenständen formen, die sie dann wiederum bedenkenlos wegwerfen kann. So beginnt der Kreislauf von vorne – ohne dass auch nur ein Cent umgesetzt wird. Und Amazon schaut in die Röhre. Anna weiß: Wenn sie einem Manager auch nur ein graues Haar mehr wachsen hat lassen, hat sich ihr jahrzehntelanges Martyrium gelohnt.

Wir sind nicht vom selben Gendersternchen

Von Susanne Fischer

Nehmt dies, Zwangsbeglückende!

Liebe Zwangsbeglückende, alle mal bitte herhören, als Feministin und Ewiggestrigende würde ich es vorziehen, mein Leben ungegendert in Ruhe beenden zu können. Und zwar frühestens in zwanzig Jahren. Wenn ihr so lange vielleicht noch mal warten könntet?

Als gelernte Sprachwissenschaftelnde weiß ich nämlich, dass das grammatische Geschlecht nichts mit dem Schniedel und der Muschi zu tun hat, auch nicht damit, ob man beides hat oder nichts von beidem oder sich noch nicht entschieden hat. Oder mit den Genen oder Chromosomen und Chromosom*innen.

Aber ihr, ihr wisst es nicht und wollt es nicht hören, obwohl ihr alle auch mal zur Schule Gehende gewesen seid. Und während ich sonst sehr froh bin, gottsfroh praktisch, oder nein, gott*innenfroh, dass wir Germanisten, oder wie ihr sagen würdet, Germanist*inn*ende, nirgendwo regieren, weil wir üble Besserwissende und Anstoßnehmende sind, Nörgelnde und Oberlehrende, wäre ich jetzt gerade sehr dankbar für ein kleines Fitzelchen Weltherrschaft.

Neulich las ich in einem christlichen Magazin – nein, es war nicht *Christ und Hund*, auch nicht *Christ*in und*

*Hu*ünd*in* – einen langen Artikel über Verkehrspolitik. Dort schrieb das politisch korrektelnde Autorendenwesen tatsächlich über Auto Fahrende, Radelnde und zu Fuß Gehende, statt über Autofahrer, Radler und Fußgänger. Einknicken tat es nur bei dem Wort »Verkehrspolitiker«, denn die sind böse und dürfen deswegen männlich sein. Dabei wäre jener Satz durch die Wendung »Verkehrspolitik Betreibende« gewiss noch viel schöner geworden.

Da draußen, wo es um die Macht und die wirklichen Probleme geht, sinkt der Frauenanteil im Bundestag, gibt es kaum eine von uns in den Vorständen großer Firmen, bekommen wir nirgends dasselbe Geld für dieselbe Arbeit. Und alle so: Och nö, langweilig, ich kümmer mich mal lieber um das Sternchen. Weil ohne bin ich beleidigt. Apropos: Vorstand, das bin ich auch, das ist ein Amt, und ich finde es lächerlich, dass ich irgendwo lesen musste, ich sei Vorständin. Ist das ein Vorstand mit rosa Schleife dran oder was?

Sprache kann etwas sehr Schönes sein, aber nur, wenn man lieb zu ihr ist. Oh, ich habe »man« geschrieben, wahrscheinlich wähle ich auch AfD. In Gesetzen und Verordnungen ist Sprache jetzt schon Murks, und eine ähnlich unangenehme Form von Vermurksung muss neuerdings Zeitungsartikel und jede Form von öffentlichem Text ungenießbar machen? Das macht mich als Leser krank, und nein, »Lesende« sind wir nur in dem Augenblick, wo wir eben genau das tun. Ein Buch hat Tausende von Lesenden? Na, danke.

Gespannt warte ich nun nur noch darauf, ob der Sundermeiernde seinen schönen, verdienstvollen Verbrecher Verlag in »Verbrechende Verlag« umbenennt. Wahrscheinlich wird es dazu aber nicht kommen, Verbrecher sind ja böse und dürfen deshalb männlich bleiben.

Nimm dies, Verein Deutsche Sprache!

I'll kick your ass, oh Verein Deutsche Sprache, Schnarchsackversammlung der beleidigten Leberwürste! Nur weil ich mich nicht von jedem Stoffel durchgendern lassen will, heißt das noch lange nicht, dass du rückwärtsgewandtes Unwesen mit meinem Artikel Reklame für deinen albernen Aufruf gegen das Gendern machen darfst. Hatte ich doch kürzlich an ebendieser Stelle veranschaulicht, warum ich nicht vom selben Gendersternchen bin wie Zwangsbeglückende. Hätte ich tatsächlich für dich werben wollen, du Domina der Dudenhörigkeit, hätte ich das schon selbst getan.

Ich steh nicht auf dich, weder auf deinen »Anglizismenindex«, you German Wurstel, noch auf dein Gejaule über den »Globalisierungsdruck«, unter dem »Europas Sprachen und Kulturen« angeblich leiden. Natürlich ausgelöst von der bösen angloamerikanischen Kulturindustrie! Tell this your Parkuhr, and heul woanders.

Du befürchtest den »Identitätsverlust der Sprachgemeinschaften und Volksgruppen«? Ach ja, Volk ohne Sprachraum, da müssen wir uns wohl mal so richtig sorgen. Hm, klappt nicht. Aber haben wir Ähnliches nicht früher schon mal gehört?

Tja, kein Wunder, dass so viele deiner »bekannten Mitglieder« entweder dumm oder tot sind. Darf ich ein paar zitieren? »Meine Muttersprache ist wirklich schön – vollmundig wie der Wein von der Mosel«, jault begeistert irgendeine Marén Berg nach dem siebten Glas Deutsch mit Schuss; sonderlich bekannt kommt sie mir allerdings nicht vor. Als Sängerin singt sie übrigens gern auf Französisch, die Marén mit Akzent. Ist das nicht welscher Ungeist, wenn man aus Hannover stammt? Fraternisieren mit le Feind?

Der »Held der Mainzer Fassenacht« Herbert Bonewitz quakt, dass »Kolonialstaaten ... die Sprache ihres Mutterlandes« annehmen. Oh, einst stolzes deutsches Vaterland, nun armes kolonialisiertes Kind einer Amihure und – Moment! Heißt das, Karneval fällt in Zukunft aus wegen Globalisierung? Wollen mer se reinlasse, de Amis mit dene ihre Sprachverhunzung? Da würde ja sogar ich mitklatschen!

Peter Herbolzheimer ist erstens verstorben und war zweitens laut Website des VDS in Deutschland auf der Suche nach »einer musikalischen Identität, die fehlt«. Jetzt ist er an einem besseren Ort und muss nicht mehr mit anhören, dass die DMI (Deutsche Musikalische Identität e. V.) längst gefunden wurde, denn einer geht immer noch rein.

Auch ein gewisser Haindling ist Musiker und VDS-Mitglied, und als er zu musizieren begann, war für ihn »die Vorgabe« (von wem?), dass er »auf Bayrisch singe«. Was, frage ich, hat das mit Deutsch zu tun?

»Unsere Sprache ist im Begriff, wie ein krankes Tier zu verenden – auch auf Deutschlands Bühnen«, weiß Edda Moser, Opernsängerin und Ehrenmitglied im Verein der Deutschen Bühnentierärzte, Verzeihung, im VDS. Wissen diese Leute denn gar nichts? Von deutschem Boden darf nie wieder ein Tiervergleich ausgehen!

TOUCHÉ by © TOM
EY, SPORTSFREUND-STERNCHEN OBEN-UNTERSTRICH-INNEN MIT GROSSEM „i"!
LETZTE VERWARNUNG! DAS NÄCHSTE MAL FLIEGT IHR RAUS!
?
DAS WAR GENDERGERECHTE ANSPRACHE!
DLRG
BRINGT DAS WAS?
KEINE AHNUNG.
SIE HÖREN AUF JEDEN FALL LÄNGER ZU.
DLRG
DLRG

Weil wir alle wahnsinnig wurden

Die von den Vereinten Nationen soeben ins Leben gerufene Organisation WOKESCO hat 2020 doch noch zum vollendeten Scheißjahr erklärt.

Von Arno Frank

Kurz vor Ende dieses deprimierenden Jahres haben die Vereinten Nationen (UNO) verfügt, das Jahr 2020 künftig mit einem speziellen Warnhinweis zu versehen: Eine Freigabe wird nicht erteilt. Vorausgegangen war dieser umstrittenen Entscheidung die Gründung einer entsprechenden Abteilung, vergleichbar der UN-Flüchtlingskommission UNHCR, dem Kinderhilfswerk UNICEF und der Kulturorganisation UNESCO. Künftig wird also die WOKESCO darüber entscheiden, ob gewisse Jahre ganz aus dem Geschichtsbuch gestrichen – oder mit einer Triggerwarnung versehen werden.

Bei ihrer Beurteilung der Vergangenheit orientiert sich die WOKESCO an ebenfalls »woken« Streamingdiensten wie Netflix oder Disney, wo bereits ein geschärftes Bewusstsein für Schlimmes obwaltet und damit automatisch Gutes tut. Schon im vergangenen Jahr war Vergangenes einer kritischen Prüfung unterzogen und mit einem – leider allzu simplen Hinweis – versehen worden: »Geschichte wird so gezeigt, wie sie ursprünglich erstellt wurde. Sie kann veraltete kulturelle Darstellungen enthalten.«

Ursprünglich wurde erwogen, Jahre mit »negativen Auswirkungen auf die Gesellschaft« komplett aus der Erinnerung zu löschen. Statt aber 1939, 1940, 1941, 1942, 1943, 1944 und 1945 zu streichen, will die WOKESCO sie aus pädagogischen

Gründen im Programm behalten und mit einem Hinweis zu Diskussionen anregen: Was genau können wir mit unserem heutigen Wissen am Konzept des Vernichtungskriegs nicht mehr dulden? Den Krieg oder die Vernichtung? Wie lässt sich der Eindruck vermeiden, die industrielle Ermordung von sechs Millionen Menschen sei »eigentlich ganz okay« gewesen?

Zu groß ist die Gefahr, dass Unbeteiligte über eine bestimmte Jahreszahl stolpern und so versehentlich erfahren, was sich damals empörenderweise tatsächlich so zugetragen hat. 1904 beispielsweise wirkt vergleichsweise harmlos. Als sensibler Historiker kann man sich über die Erfindung des Kleiderbügels und der Schneeketten freuen, kommt aber um den Genozid an den Herero nicht herum.

Um hier jeder möglichen Verstörung vorzubeugen, wurde 1904 von der WOKESCO mit folgendem Hinweis versehen: »Dieses Jahr beinhaltet negative Ereignisse und/oder Misshandlungen von Menschen oder Kulturen. Diese Stereotype waren damals falsch und sind heute falsch. Anstatt diese Inhalte allerdings zu entfernen, wollen wir ihre schädliche Wirkung anerkennen, aus ihnen lernen und Gespräche anregen, um eine stärker integrative, gemeinsame Zukunft zu schaffen.«

Diskutiert wurde ein entsprechender Hinweis für das Jahr 1938. Die WOKESCO störte sich, wie man hört, an der »Reichspogromnacht«. Empfohlen wurde, das brutale Kunstwort durch einen bekömmlicheren Begriff wie etwa »Reichskristallnacht« zu ersetzen.

2020 aber war für die WOKESCO ein besonders kniffliger Fall. Es enthielt rassistische Ausschreitungen, antirassistische Ausschreitungen, idiotische Ausschreitungen (»Querdenker«), Gewalt gegen Minderheiten, Gewalt durch Minderheiten sowie zahlreiche kriegerische Auseinandersetzungen. Positiv verzeichnet wurde nur die Erfindung eines Impfstoffs und die gnädige Abwahl eines älteren US-Politikers, der volle vier Jahre von der Weltöffentlichkeit »fat shaming« erdulden musste.

Eine Wiederholung von 2020, nur »diesmal in gut«, kam laut WOKESCO nicht infrage – um Betroffene nicht zu retraumatisieren, wie es heißt. Demnach verhinderten fanatische Radikalfeministinnen in letzter Minute eine Umbenennung von 2020 in »Elliot Page« – nach jener Transperson, die mit ihrem geschlechterübergreifenden Wesen einen ganz erheblichen Einfluss nicht nur auf den von ihr gewählten Beruf der Schauspielerei gewann.

Eine Umbenennung in »George Floyd« scheiterte am Veto der Profiteurinnen und Profiteure von strukturellem Rassismus. Zunächst abgelehnt wurde auch der Vorschlag, 2020 künftig schlicht »das Scheißjahr« zu nennen, »in dem wir alle wahnsinnig wurden«. Dagegen wendete sich vor allem der sprichwörtlich »kleine Mann«, der sich zu den notorisch »Beschissenen« zählt. Schließlich seien in diesem Scheißjahr, in dem wir alle wahnsinnig wurden, auch Kinder geboren worden, die dann als Geburtsdatum »3. Februar im Scheißjahr, in dem wir alle wahnsinnig wurden« angeben müssten. Fürsprecher hatten geltend gemacht, dass 2020 erst im Frühjahr so richtig fürchterlich wurde, sich gegen Ende aber doch wieder halbwegs fangen konnte, also ungefähr mit 1918 oder 2001 zu vergleichen sei.

Ebenfalls abschlägig beschieden wurde der Vorschlag, 2020 durch einen »Sprechakt« kurzerhand zu einem »internationalen Spitzenjahr mit Pfiff« umzudeklarieren – dergleichen wird von der Gesellschaft nachweislich nur beim biologischen Geschlecht anerkannt.

Zuletzt einigte sich die WOKESCO also auf einen etwas umständlichen, dafür aber umso umfassenderen Warnhinweis, der auch Zweifel duldet und kommenden Generationen zur Mahnung dienen soll: »Dieses Jahr beinhaltet negative Ereignisse und/oder Misshandlungen von Menschen oder Kulturen, Pleiten, Pech und Pannen. Diese Ereignisse waren damals falsch und sind heute falsch. Vermutlich werden sie auch zukünftig falsch bleiben. Falsch, falsch, falsch.

Besser wäre es, die negativen Ereignisse und/oder Misshandlungen hätten nie stattgefunden. Haben sie aber. Menschen mit hohen moralischen Ansprüchen an die Vergangenheit oder Gegenwart, Schwangeren, Hygienikern, Germanophoben und Germanophilen, Glutenunverträglichen, Nichtrauchern und Mitgliedern jedweder *communities* wird daher dringend abgeraten, sich mit diesem Jahr zu beschäftigen. Es kann sogar Spuren von Nüssen enthalten!

Bitte blättern Sie weiter im Geschichtsbuch, es gibt nichts zu sehen. Es gibt auch nichts zu verstehen. Es war einfach ein Scheißjahr, in dem wir alle wahnsinnig wurden, nicht zu vergleichen mit 1918 oder 2001. Ein Jahr wie, seien wir ehrlich, alle anderen Jahre seit Beginn der Menschheitsgeschichte auch. Wobei das rund 70.000 Jahre sind, von denen nur sehr wenige unserem gestrengen Urteil standhalten dürften. 536 war auch fürchterlich! Und 2084 könnte sogar noch schlimmer werden! Kommt halt drauf an, wen man fragt. Man muss alle fragen, das dauert.

Bis auf Weiteres erhält also 2020 keine FSK-Freigabe. Anstatt aber alle seine toxischen Inhalte zu entfernen, wollen wir ihre schädliche Wirkung anerkennen, aus ihnen lernen und Gespräche anregen, um eine stärker integrative, gemeinsame Zukunft für die gesamte Menschheit zu schaffen.«

Wo sind die Zahnlosen?

Von Pia Frankenberg

Viele Autoren besingen seltsame Reiseabenteuer oder die Absonderlichkeiten menschlicher Begegnungen, doch selten ist das Ergebnis so schön wie beim unvergleichlichen Harry Rowohlt, für den jetzt, ein paar Wochen nach seinem Tod, in der Hamburger »Fabrik« ein Fest gefeiert wurde. Harrys besondere Liebe gehörte ausgewählten sprachlichen Fundstücken, und ich erinnere mich wehmütig, von ihm bei jedem Treffen grinsend mit einem Satz begrüßt worden zu sein, den vor vielen Jahren irgendein pubertierender Jüngling zu Harrys Freude mit schwerem französischem Akzent in die Welt posaunt hatte: »Aaah, Chou-Chou, deine kleine Popoooo! Er mache misch ganz Carrousel!« Wer wird mir – und mit solch einer Stimme! – je wieder so etwas Schönes sagen?

Nach der Feier wollten einige ihre schweren Herzen noch in ein empfohlenes Wasserloch tragen, eine Kneipe namens »Treibeis«. Man erfragte den Weg beim großflächig tätowierten »Fabrik«-Wächter, dessen Miene sich warnend verdüsterte. »Vorsicht! Übler Laden! Nur Alkis, Drogen und Zahnlose!«

Auf dem Weg grübelte ich, worin die besondere Gefährlichkeit Zahnloser bestehen könnte, fehlt ihnen doch gerade jenes Werkzeug, das bei tätlichen Auseinandersetzungen als letzter Ausweg gilt. Im fairen Kampf ist beißen zwar verpönt, aber was im Leben ist schon fair? Gott sei Dank lebt man ja in

Berlin, der Hauptstadt des Exzesses, und ist darin geschult, über herumliegende, besoffene oder bekiffte Feierleichen zu klettern und auch sonst allerlei Herausforderungen durch Menschen mit oder ohne Zähne zu meistern. »Treibeis«, wir kommen!

Draußen vor der Bar waberten sanfte Hanfschwaden, wir aber vermissten die versprochenen Bedrohungen. Auch drinnen fanden sich keinerlei Zahnlose, ausgenommen wir selbst, die wir gegen drei Uhr morgens anfingen zu schwächeln.

Auf dem Heimweg dann endlich ein dem Abend angemessenes Harry-Rowohlt-Erlebnis. Die Klatschkolumnen einschlägiger Boulevardblätter können im Vergleich zum Mitteilungsbedürfnis meines Taxifahrers als diskret bezeichnet werden. Während er mich durchs dämmernde Hamburg schaukelte, durfte ich an seiner wilden Affäre mit einer Stammkundin ebenjener Kneipe teilhaben, vor der so eindringlich gewarnt wurde, und erfuhr, dass das Feuer der Dame nicht nur Treibeis, sondern ganze Gletscher zum Schmelzen bringen konnte. Wenig überraschend wurde er von ihr verlassen. Monate später schließlich, plapperte er zutraulich weiter, besprach er mit einem Fahrgast die Dinge des Lebens unter Erwähnung sämtlicher Details der verflossenen Liaison, worauf der Mann immer wortkarger wurde, um dann wiedererkennend den Namen seiner Frau zu ächzen.

Frauen! Fangt nie was mit Taxifahrern an, denn erst mache eure kleine Popooo sie ganz Carrousel, aber kaum habt ihr genug, wird euer persönliches Kamasutra dem Rest der Welt und eurem Ehemann serviert. Und pflegt eure Zähne, damit ihr auch morgen noch kraftvoll zubeißen könnt!

Am Tellerrand des Tinnitus

Die Norwegen-Woche der Wahrheit: Black Metal ist Grieg im Lande der ebenso dunklen wie extrem lauten Nordmusik.

Von Torsten Gaitzsch

Die Geschichte der norwegischen Musik ist eine Geschichte voller Missverständnisse. Beispielsweise missverstehen viele fremdländische Hörer die in vielen Liedern auftauchende Zeile »Graaaaaaaaahhhh« als »Graaaaaaaahhhh« (mit nur acht a). Andere verwechseln den Musiker mit den langen Haaren mit dem anderen mit den langen Haaren. Um Aufklärung über die komplexe norwegische Musikszene zu schaffen, hat das Ministerium »Departement for Svartmetalet, Drumstickering og Trollhammeren« auf der Frankfurter Buchmesse einen Stand aus kokelnden Holzbrettern, menschlichen Knochen und blutverschmierten Kleiderfetzen aufgebaut.

Messebesucher, die es tatsächlich schaffen, trotz des ohrenbetäubenden Lärms bis zu der freundlichen Regierungsvertreterin, die den Stand betreut und nebenbei heißen Met in Elchschädeln ausschenkt, vorzudringen, werden mit erstaunlichen Fakten belohnt.

»Unsere Musik ist mehr als nur Gekreische«, lächelt die Beamtin, »es gibt auch Gegrunze, Gebrülle, Gebelle und diese epische Mid-Tempo-Passage in dem Stück ›Mighty Ravendark‹ auf ›Immortals‹ letztem Album ›Northern Chaos Gods‹. Lauschen Sie mal!«

Der Zugang zu dieser offenbar sehr komplexen Welt fällt dennoch den meisten schwer. Warum ist das so? »Nun gut, da steckt durchaus Kalkül drin«, gibt die Frau vom Ministerium zu. »Unsere Regierung hat vor einigen Jahren eine sogenannte Abschreckungsquote eingeführt, nach der 30 Prozent aller hier produzierten Lieder extrem düster und abstoßend klingen müssen – damit wir nicht jedes Jahr das glücklichste Land der Welt sind; das wird schließlich irgendwann peinlich!«

Der außergewöhnliche Messestand bietet in den folgenden Tagen ein abwechslungsreiches Programm an. Nicht nur Livekonzerte sind anberaumt – Mittwoch zwölf Uhr: »Dødheimsgard«, im Anschluss: die »Dimmu Borgir«-Coverband »Bimmu Dorgir« aus Bergen (Frankfurt) –, sondern auch Vorträge wie »Mein Leben nach dem Hörsturz« sowie Podiumsdiskussionen wie »Maultrommeln – das letzte Tabu?«, »›Darkthrone‹-Lyrics im Kontext der norwegischen Sozialpolitik seit 1990« und »Ist Satan heute noch zeitgemäß?«. Für die ganz Hartgesottenen soll am letzten Messetag eine Abschlusslesung aus dem Werk Karl Ove Knausgårds stattfinden, für deren Genehmigung allerdings noch eine Prüfung durch das Gesundheitsamt ansteht.

Auch die Kleinsten kommen auf ihre Kosten, denn »in Norwegen beginnt die musikalische Früherziehung, sobald unsere Kinder zum ersten Mal die Sonne gesehen haben, also spätestens im vierten Lebensjahr«, wie es in einer offiziellen Broschüre auf gegerbter Schweinehaut heißt. Für den Musikunterricht ziehen sich die Schülerinnen und Schüler spezielle Uniformen an, die über Nacht im Waldboden vergraben werden, und lernen die Grundzüge der Kultur ihres Landes: Runenkunde, Lurenspiel und mindestens einhundert Synonyme für »Tod«.

Hier am Stand können sich junge Messegäste das Gesicht mit Corpse-Paint bemalen lassen, dürfen (unter Aufsicht der Eltern!) Miniaturstabkirchen anzünden und in einer Variation von »Steck dem Esel den Schwanz an« eine Puppe in Gestalt des »Mayhem«-Gitarristen Euronymous mit einem Spielzeugmesser abstechen. »Ja, das mag Ihnen zunächst grausam erscheinen«, räumt die Standbetreuerin ein. »Aber wissen Sie, was *mir* grausam erscheint? Die Zwänge der Europäischen Union!«

Wie ist es um die klassische Musik im Heimatland der härteren Töne bestellt? Ein Name wird für alle Zeiten mit Norwegen verbunden bleiben: Edvard Grieg – »wobei es freilich noch jede Menge anderer Komponisten gab und gibt«, wie ein Kulturattaché sich anschickt zu betonen. In seiner Rede mit dem Titel »Bitte, bitte reduziert uns doch nicht immer auf die beschissene ›Halle des Bergkönigs‹!«, erklärt der Klassikkenner: »Wenn Sie in einschlägige Verzeichnisse norwegischer Komponisten blicken, entdecken Sie schillernde Namen wie Carsten Carlsen und Ole Olsen ... okay, die sind größtenteils ausgedacht, aber wir hätten es als Klassiknation auch so zu etwas bringen können. Außerdem wäre moderner Filmsoundtrack-Kitsch à la Danny Elfman ohne Grieg undenkbar!«

An der Musikhochschule Trondheim, deren Leiter auf einem alten Wikingerschiff nach Frankfurt gereist ist, um Studenten aus dem Ausland anzuwerben, kann man wiederum ab kommendem Semester Einblicke in sämtliche Musikrichtungen der Menschheitsgeschichte gewinnen. »Es ist ja erschreckend, wenn ich junge Leute treffe, die Atmospheric Blackened Doom Metal nicht von Atmospheric Blackened Death Metal unterscheiden können«, seufzt der 60-jährige Professor für Symphonischen Krach, »doch genauso wichtig ist es, auch über den Tellerrand, sprich: über unsere herrlichen Fjorde hinauszuschauen. Manche Erstsemester sind völlig baff, wenn ich ihnen Lieder vorspiele, von denen man keinen Tinnitus bekommt.«

Ein Aspekt der norwegischen Musik darf freilich auch auf der Buchmesse 2019 in Frankfurt am Main nicht unerwähnt bleiben: das unangenehme Kapitel Nationalsozialistischer Black Metal (NSBM). »Dazu wollten wir eigentlich eine differenzierte Gesprächsrunde organisieren«, sagt die Ministerialbeamtin, »aber dann hat ein gewisser Antaios-Verlag die geladenen NSBM-›Künstler‹ für ein Forum mit dem Titel ›Feine Sahne Fischfilet sind auch schlimm!‹ abgeworben. Was will man machen?« Am besten depressiv werden. Auch dafür gibt es spezielle Metal-Subgenres.

Das Rätsel der Balz

Die Finnen-Woche der Wahrheit: Wie pflanzen sich Finnen bloß fort? Und warum ist ihr Volk eigentlich noch nicht ausgestorben?

Von Bernd Gieseking

Die Finnen sind ein Volk von 5,4 Millionen Menschen. Sie leben aber in einem Land, das fast so groß ist wie die Bundesrepublik, wo über 80 Millionen leben. Man kann viel Gutes über Finnland sagen, aber es ist entschieden zu dünn besiedelt.

Je näher man dem oberen Ende des Landes kommt, umso dünner ist es bewohnt. Hat man erst den Polarkreis überschritten, trifft man überwiegend auf Rentiere und Mücken. Im Gegensatz zu den Finnen selber hat die finnische Mücke keinerlei Probleme mit der Vermehrung und schafft locker die eine oder andere Milliarde, während der Finne fast schon bei der Myriade scheitert.

Warum haben die Finnen es nicht geschafft, im Laufe ihrer nun bald einhundertjährigen Staatsgeschichte wenigstens die Sechs-Millionen-Einwohner-Grenze zu überschreiten? Wollen sie nicht, oder können sie nicht? Hinter all dem steht die große Frage: Wie pflanzt sich der Finne fort? Wie erfolgreich sind Balz und Bemühen?

In Lappland wohnen grad noch zwei Menschen auf einem Quadratkilometer, in Finnland im Ganzen 15,8. In Deutschland kann da nur Wiedenborstel in Schleswig-Holstein mit Lappland mithalten, ansonsten hat Deutschland 228 Einwohner je Quadratkilometer. Bei 228 Einwohnern hat man natürlich eine ganz andere Auswahl.

Wenn in Lappland ein Finne einem anderen vor lauter Bäumen überhaupt begegnet, wer weiß, ob er oder sie ihm oder ihr gefällt. Wenn beide im Uhrzeigersinn um die Seen gehen, treffen sie sich wahrscheinlich auch nicht. Man müsste sich wenigstens entgegenkommen.

Ein wirkliches Problem für die Balz aber besteht in den Lichtverhältnissen: Große Teile Finnlands liegen monatelang in absoluter Dunkelheit. Man findet sich einfach nicht! In dieser Zeit tiefer Kälte, in der man sich einander nähern könnte, ist die Möglichkeit, dass sich Finne und Finnin begegnen, fast gleich null. Selbst auf Langlaufskiern ist da schnell der eine rechts und die andere links an der Birke vorbeigehuscht, und schon hat man sich verpasst.

Im Sommer ist es umgekehrt. Man wird gesehen, aber wer möchte unbedingt gesehen werden beim intimen Vorgang der Nachwuchszeugung? Vorhänge oder Jalousien könnten hier eine einfache Lösung sein, aber allein dass man drinnen weiß, wie hell es draußen ist, hält die Finnen vom Wesentlichen ab.

Zudem sind die Finnen ein Wintervolk, das sich eigentlich nur in der Kälte wirklich wohlfühlt. Deshalb geht der Finne im Sommer quasi gar nicht mehr rein, sondern wartet draußen auf die Rückkehr der Kälte und vertreibt sich die Zeit solange mit Humppa und Tango.

Im Winter geborene Finnen werden schon mit Langlaufskiern an den Füßen geboren, was natürlich besondere Anforderungen an die Mütter stellt. Im Winter geborene Finnen können sich zwar mit Langlaufskiern an den Füßen küssen und entkleiden, aber den Akt als solchen zu vollziehen, gelingt so nur selten.

Man könnte nun meinen, der gemeinsame Saunagang müsse zwangsläufig zur Fortpflanzung führen, weil die Finnen immerhin einen Ort haben, an dem man aus der Sicht der Deutschen nackt ist. Aber der Finne geht nun mal nicht nackig mit jedem dahergelaufenen Mitsaunierer in seine Schwitzhütten. Zwar sind Finnen nicht verschämt, aber sie überlegen es sich besser als die meisten Deutschen, wer sie in voller Blöße sehen darf.

Außerdem schlagen sich die Bewohner Suomis dort gern mit dem »vihta«, einem Birkenstrauß. Dabei ist der Finne ein reizender Mensch, dem Quälen und Gequältwerden fast undenkbar ist, weshalb auch die Sauna als Ort für Balz und Bemühen nicht infrage kommt. Der Sadomaso-Roman »50 Shades of Grey« zum Beispiel wurde für den finnischen Markt gar nicht erst übersetzt. In der Sauna will man in Ruhe schwitzen!

Einfach mal drüber reden geht auch nicht, denn Finnen sind große Schweiger, zumindest die Männer. Nun könnte man vermuten, der Alkohol sei ein »Sanitäter in der Not«. Weit gefehlt. Im Alkoholverbrauch liegt der Deutsche knapp vor dem Finnen. Sie trinken also weniger. Und anders. Sie trinken seltener, aber wenn, dann! Und auch das steht dem Finnen dann im Weg, getreu der alten ostwestfälischen Devise: »Ohne zu schüchtern, mit nicht mehr nüchtern!«

Dann gibt es noch Finninnen, die nur kurz verreisen wollten, aber nicht wieder zurückkehren und fortan in Deutschland oder anderen fernen Ländern leben, wo die jeweiligen Männer diesen wunderbaren nordischen Frauen den Himmel auf Erden versprechen, was sie zwar nicht halten, aber sie enthalten die Damen dem Finnen daheim als Paarungspartner vor.

Abschließend muss man sagen, Finnland bietet eigentlich weder den idealen Platz noch die Gelegenheiten oder eine ideale Jahreszeit für die Balz und Begattung. Im Grunde ist es ein Wunder, dass dieses Volk noch nicht ausgestorben ist. Wann, wo und wie der Finne sich vermehrt, ist und bleibt eines der letzten großen Rätsel der Menschheit.

Rigoroser Rudimentarismus

Eine geistige Erneuerungsbewegung geht gegen die Komplexität der Dinge und die Diktatur der Deutlichkeit vor.

Von Severin Groebner

Das nach Klarheit und Wahrheit suchende Individuum wird überschwemmt. Zeitung, Fernsehen und das Internet mit seinen sogenannten Nachrichtenportalen voller Meinungen und Informationen – der Strom der Neuigkeiten schwillt an.

Doch jetzt formiert sich gegen diese Informationsflut eine Gegenbewegung: die Rudimentären. Eine von Menschen aller Schichten getragene geistig-politische Strömung, die mit einem Konzept von sich reden macht, das gerade durch seine Einfachheit auf viele Zeitgenossen eine starke Anziehung ausübt. Vergleichbar den Veganern, die ihr Heil in einer selbst gewählten Verknappung des Nahrungsmittelangebots suchen, sehen die Rudimentären den Ausgang aus der Unübersichtlichkeit der digitalen Postpostmoderne in einer freiwilligen Beschränkung der Nachrichtenquellen.

Ewald S., ein Urgestein der Bewegung, erklärt es so: »Wir beschränken uns ganz bewusst auf das Lesen von Schlagzeilen, nehmen Hörensagen für bare Münze, glauben Blogs voll unhaltbarer Beschimpfungen aufs Wort und schauen ausschließlich Propagandavideos. Zum Ausgleich lassen wir uns von Verschwörungstheoretikern einlullen oder beten PR-Mitteilungen von Großkonzernen nach. Das sind Sachen, die man einfach so mitnehmen kann, ohne groß darüber nachdenken zu müssen.«

Dragan C., ein Freund Ewalds und ebenfalls Rudiment der ersten Stunde, pflichtet bei: »Differenzierung lehnen wir grundsätzlich als schwach und verwirrend ab. Wir wollen keine Fragen, sondern Antworten. Und das geht nur, wenn man sich konsequent rudimentär informiert.«

Den Vorwurf, dass ein allzu rigoroser Rudimentarismus seine Anhänger in die gesellschaftliche Isolation treibe, lassen die Anhänger der Bewegung nicht gelten – immerhin wüchse die Gemeinde der Brüder und Schwestern im simplifizierten Geiste stetig. Zum gesellschaftlichen Mainstream gibt es dennoch klare Abgrenzungen. Gunther T., Einzelhandelskaufmann aus Würzburg und seit Kurzem überzeugter Rudimentärer, erklärt es so: »Verwechseln Sie uns bitte nicht mit Idioten. Auch wenn die dasselbe sagen wie wir – wir machen das bewusst. Wir haben uns freiwillig aus psychohygienischen Gründen dazu entschieden!« Sein Geistesgenosse, Murat A. aus Köln, bringt es auf den Punkt: »Ein Veganer ist ja auch keine Kuh, nur weil er dasselbe isst.«

Längst aber haben die Rudimentären ihre Wohnzimmer voll ungelesener Bücher verlassen und suchen nach Wegen, ihre Philosophie alltagstauglich zu machen – wie Sven K. aus Bremen: »Ich schaue im Restaurant gar nicht mehr auf die Karte. Ich bestell einfach, was ich will. Und wenn es das nicht gibt, mach ich den Kellner zur Sau. Das gibt mir ein Gefühl von Freiheit!«

Auch Thorsten B. aus Berlin sieht die Rudimentären als Bewegung zur Befreiung des Geistes: »Ja, das ist ja das Tolle: Je weniger du mitkriegst, desto öfter kannst du dir sagen: He, ich bin im Recht!«

Ob darin nicht auch ein Gewaltpotenzial schlummert? Thorsten winkt ab: »Wir lehnen Gewaltakte eigentlich ab. Denn wenn jemand Gewalt anwendet, müsste über eine angemessene Reaktion nachgedacht werden. Und das wollen wir nicht. Wir wollen nur unsere Ruhe. Aber sollte die gestört werden, werden wir uns schon verteidigen.«

Diese Einschätzung jedoch scheint Marianne P., selbst ernannte Vordenkerin im Rudiment und ehemalige Lifestyle-Redakteurin aus München, zu isolationistisch. Sie sieht das Rudimentäre als Heilslehre der Gegenwart: »Letztendlich ist es doch so: In dieser Welt sind die Probleme derart komplex, dass man sie nur mit sehr komplexen Mitteln lösen könnte. Da die aber niemals vermittelbar und somit durchsetzbar sind, kann man eigentlich auch gleich die erstbeste Lösung akzeptieren. Die ist genauso falsch wie alle anderen, und man braucht sich nicht zu quälen. Ist doch nicht blöd, oder?«

Zweifelsohne eine bestechend rudimentäre Logik, die hier an den Tag gelegt wird. Untereinander nennen sich die Freunde der mentalen Scheuklappe gern »Rudi«, weil es »das Naheliegendste« ist und daher »am besten zu uns passt« (Ewald S.).

Das Naheliegende solle man aber nicht mit dem Beliebigen verwechseln, warnt wiederum Rudi Kevin M. aus Kassel, Betreiber einer ziemlich uninformativen rudimentären Webseite: »Wir bewegen uns ja nicht im luftleeren Raum. Wir haben sogar eine ›Charta der Rudimentären‹ aufgestellt. Erster Punkt: das Recht auf Freiheit von Information! Zweitens: Ungenau ist genauso genau wie genau, nur ungenauer. Drittens: ... hab ich mir nicht gemerkt, war aber auch super. Und die letzten dreißig Punkte hab ich gar nicht erst gelesen.«

Am deutlichsten zeige sich die »Überlegenheit des Rudimentarismus« in der Religionsdebatte, meint Theodor M., emeritierter Professor aus Münster und seit Neuestem begeisterter Neorudimentarier: »Nehmen Sie eine Religion Ihrer Wahl. Sie können diese aufs Fanatischste ausleben und gleichzeitig Rudimentärer sein. Vorausgesetzt, Sie studieren die diversen heiligen Schriften nur auszugsweise, oberflächlich oder gar nicht. Aber das ist ja sowohl dem religiösen Fundamentalismus wie auch dem Rudimentarismus wesensimmanent. Oh! Verzeihen Sie bitte das Fremdwort.«

Derart viel Harmonie wirkt auf den halb interessierten Betrachter fast schon unheimlich, doch tun sich bei näherer Betrachtung Risse im scheinbar geschlossenen rudimentären Weltbild auf. So gärt zwischen den beiden Interessenverbänden, dem Bundesverband der Rudimentären (Bundesrudi) und der Union der Rudimentären (UnRu), seit Kurzem ein Streit.

Marianne P., Vorsitzende der UnRu, sieht es so: »Das Ganze ist lächerlich. Wir haben die Union mit dem Anspruch der Alleinvertretung aller Rudimentären schon vor zwei Jahren gegründet. Bei dem Festakt haben alle gemerkt, hier wird etwas besonders Nebulöses aus der Taufe gehoben: die erste rudimentäre Vereinigung. Und daher die einzige legitime. Auch wenn das den ›Bundesrudis‹ nicht gefällt.« Ewald S., selbst ernannter Chef der Bundesrudis, lässt das aber kalt: »Die entlarvt sich doch selbst: ›Alleinvertretung‹ und ›legitim‹. Das zeigt doch, dass diese Leute sich bereits viel zu intensiv mit der Sache auseinandergesetzt haben. Und so jemand will rudimentär sein? Wir Bundesrudis können nicht einmal Zahlen nennen. Anzahl der Mitglieder? Gründungsdatum? Keine Ahnung, aber wir fühlen uns im Recht. Und das zählt doch für einen echten Rudimentären.«

Und doch gibt es Stimmen, die in dem Streit bereits den Sündenfall der Bewegung sehen. Panrudimentarier Kevin M. mahnt: »Beide Seiten werden mir viel zu deutlich. Da wird ja richtig argumentiert. Das lehnen wir ab. Wir müssen einen Schritt weiter gehen. Wir müssen nicht nur aufhören, uns genau zu informieren, nein, wir müssen es auch schaffen, uns ungenau auszudrücken. Lediglich Ausdrücke wie ›so, na ja, irgendwie, schaumamal, weißt eh‹ oder ›in etwa‹ sollten benutzt werden. Wir wenden uns gegen die Diktatur der Deutlichkeit! Natürlich hat uns das den Vorwurf eingebracht, die Nähe der Kanzlerin zu suchen. Aber das ist unfair – die kopiert uns und nicht wir sie. Die verschleiert ja Inhalte, wir haben erst gar keine. Das ist doch ... weißt eh, so irgendwie ...«

Insofern werden wir von den Rudimentären auch in Zukunft noch viel hören. Oder auch nicht. Schaumamal.

Der arabische deutsche Mann

Von Thomas Gsella

Der deutsche ist ein guter Mann:
Er hält die Frau in Ehren.
Er zündet Flüchtlingsheime an
Und gründet Bürgerwehren.

Der Araber kennt Goethe nicht
Und Kraut und Schinkenhäger.
Der deutsche Mann liebt das Gedicht
So wie den Baseballschläger.

Die Araber sind alle gleich.
Sie sind nun mal arabisch.
Der deutsche Mann ist engelgleich
Gut, wahr und schön, kurz: arisch.

Wo Wili Wonka wohnt

Die Georgien-Woche der Wahrheit: Das flimmernde Film- und Fernsehschaffen des geheimnisumwobenen Kaukasuslandes

Von Michael Gückel

Angestrengtes Ächzen und Stöhnen erfüllt den Strand des georgischen Kurorts Pizunda an diesem lauen Sommerabend Ende August. Badegäste bleiben stehen, zücken ihre tragbaren Autotelefone und Plattenkameras. Ihnen wird ein sensationelles Schauspiel geboten. Ein gutes Dutzend Statisten schiebt einen gigantischen Wal aus Pappmaschee ins Schwarze Meer. Eine Horde Kinder mit wehenden Bändern im Haar kommt angelaufen und bejubelt das geglückte Manöver.

»Cut, kopieren, auf Anfangsposition!«, ruft Regisseur Krakmakla Kwakawili in sein batteriebetriebenes Megafon. Doch mit der Anfangsposition hapert es. Der Wal löst sich auf und treibt in großen schwabbeligen Batzen dem Sonnenuntergang entgegen. Dicke blaue Schlieren der sich verdünnenden Farbe strömen aus. Wir sind am Set von »Fri Wili«, einem Ostblockbuster made in Grusinien. Der Film, der im kommenden Jahr in die Kinos kommen soll, ist ein gutes Beispiel für den aktuellen Film- und Fernsehboom in Georgien.

Regisseur Kwakawili, einer der aufstrebenden Sterne am hiesigen Filmhimmel, weiß sich zu helfen. Der halb zersetzte Pappwal soll durch einen aus Styropor ersetzt und mit wasserfester Bleifarbe lackiert werden. »Das kann schon mal vorkommen, es gibt immer kleine Pannen. Das müssen wir in Kauf nehmen. Schließlich wird hier ein Meisterwerk gedreht«, erklärt Kwakawili und gibt dann zu: »Aber trotzdem, es stimmt. Wir müssen manches noch lernen, vor allem, was die Technik angeht.« Diese sei aber nicht das Wichtigste, vielmehr komme es auf die originellen und nie da gewesenen Ideen an.

In »Fri Wili« dreht sich alles um einen altersschwachen Wal, der eigentlich in Ruhe seinen Lebensabend in einem georgischen Freiluftaquarium verbringen sollte. Doch seine Vergangenheit holt ihn ein. Als ehemaliger sowjetischer Doppelagent ist er ins Visier ausländischer Geheimdienste geraten und muss ungesehen außer Landes geschafft werden, bevor man ihn mit radioaktiven Isotopen im Plankton vergiftet. Kwakawili mischt hier gekonnt Tierfilm mit Spionagethriller, Familiendrama mit politischem Anspruch.

Doch der Film ist nicht das einzige Beispiel der großartigen Kreativität der grusinischen Medienmacher. Er ist nur ein kleines Puzzleteil. Denn beinahe unbemerkt von der westlichen Welt hat sich Georgien zu einem neuen Mekka für Filmschaffende und TV-Produzenten gemausert. Der georgische Staat pumpt enorme Summen in Film- und Fernsehförderung und lockt damit sehr erfolgreich kreative Talente ins Land. Hinter vorgehaltener Hand spricht man schon von einem »Kaukawood«, das dort entsteht. Für diese Bezeichnung nutzten findige Marketingstrategen die geografische Lage des Landes, das im Norden an den Großen Kaukasus und im Süden an den Kleinen Kaukasus grenzt.

Angefangen hatte der Boom vor einigen Jahren, als clevere Fernsehmacher ein »Alf«-Spin-off produzieren ließen. Im Jahr zuvor war die aus dem Ausland übernommene Sendung über den orangefarbenen Außerirdischen erstmals im Land gezeigt worden. Die georgischen Fernsehmacher wussten sofort, das können sie besser. So entwickelten sie eine neue Serie um den Hauptcharakter Wili Tanner, der sagenhafte Abenteuer als Beamter beim Sozialamt von Tiflis erlebt. Es war ein grandioser Erfolg.

Dieselben Produzenten setzten sogleich noch eins drauf und verpflichteten den bis dahin freiberuflichen Draisinenkutscher Wili Smith als Star in der neuen Kultserie »Der Prinz von Rustawi«. Wili Smith wurde zum Shootingstar und trug den Fernsehboom in die bis dahin im Dornröschenschlaf liegende Filmszene. Er spielte fortan ebenso in Klassikern wie etwa »Wilihelm Telliwili« sowie in fantastischen Produktionen wie »Wili Wonka und die Badridschani-Fabrik«. Letztere spielt in einer magischen Fabrik, in der schmackhafte Auberginengerichte in Konserven gefüllt werden.

Aber man darf nicht verschweigen, dass in der aufgeheizten Atmosphäre eines solchen Booms auch Flops gedreht wurden. So war etwa die politische Aufklärungsserie für Kinder »Wili will's wissen«, in der der georgische Präsident Giorgi Margwelaschwili seine Sicht der Dinge erklärt, nur mäßig erfolgreich. Der größte Reinfall war jedoch das B-Movie »Weihnachten mit Wili Wuff«, in dem ein sprechender Hund sozial besser gestellten Georgiern gebührenfrei die Weihnachtsgeschenke einpackt.

Da fehlten die Dramatik und das besondere Etwas, findet auch Regisseur Kwakawili, der sich sicher ist, dass sein neuer Film »Fri Wili« wesentlich besser bei Kritik und Zuschauern abschneiden wird. »Erstens kann unser Wal nicht sprechen, und zweitens hat er eine Knarre unter der Schwanzflosse«, erklärt er sein Geheimrezept.

Dann entschuldigt sich der kreative Kopf. Ein Tieflader bringt gerade den neuen Styroporwal. Kwakawili will höchstpersönlich sichergehen, dass dieser die Farbe aus alten Sowjetbeständen auch wirklich verträgt, bevor er noch mehr von seinem wertvollen Super-8-Material vergeudet.

Volle Regression voraus

Von René Hamann

Schwierig, wenn man eines Tages von früher zu schwafeln beginnt. Wenn »vor zwanzig Jahren oder so« keine sinnlose Übertreibung mehr ist, sondern einen genauen Zeitrahmen bezeichnet. Wenn sich die Fotos von Häusern, die einmal etwas bedeutet haben und jetzt abgerissen werden, häufen – meine erste Sparkassenfiliale, Vaters Geburtshaus, meine erste Kneipe, in der der Wirt noch über seiner Arbeitsstelle wohnte.

Wenn alte Freunde, mit denen man einst LSD nahm, mittlerweile wie ihre eigenen Großväter aussehen und sich auf Fotos bei der Gartenarbeit zeigen. Und wenn man Lockdown eins von Lockdown zwei unterscheiden muss.

Und natürlich diese Vergleiche anfangen: Was war früher besser, was nicht? Jugend ohne Handy, dafür Kindheit mit Wählscheiben; die Horrorfilme der Achtziger, dagegen die Trashfilme der Nullerjahre; verschwundene Radiosendungen wie »Mal Sondocks Hitparade« oder »Riff – der Wellenbrecher auf WDR 1« oder eben Spotify. Womit ich fast schon beim Thema wäre.

Denn diese Anzeichen von Alterung und Regression zeigen sich besonders stark in, nun, bedrohlichen Phasen. In Phasen der Verunsicherung und Einkehr. In Phasen der erzwungenen Besinnung aufs Wesentliche. Also im Lockdown.

Neben dem Cornern, den ausufernden Spaziergängen wie in russischen Romanen und den Fahrradfahrten durch eine Geisterstadt war es besonders das *Spreeradio*, das in Lockdown eins Trost und Sicherheit bot. Jetzt ist es raus. Das *Spreeradio* ist einer dieser Sender, die die Nachrichten locker-flockig und mit Jingles durchsetzt bringen, mit Moderatoren, die »Ich bin Arthur Esch« vor oder nach dem Sendernamen sagen; Sender, die sich mit Werbung für Möbelhäuser und Werkstätten für Autoglasreparatur finanzieren und die musikalisch ein Worst-of der letzten fünf Jahrzehnte bringen; so einen Sender gibt es in jedem noch so entlegenen Landstrich. In Berlin und Umgebung gibt es das *Spreeradio*.

Das Besondere am *Spreeradio* ist das »Achtzigerjahre-Wochenende«. Von Freitag bis Sonntag werden Hits gespielt, die man entweder millionenfach gehört oder dreißig Jahre lang glücklich vergessen hat. Hits, die man damals »nur so lala« fand und jetzt für »gar nicht so schlecht« hält. Hits, die man komplett mitsingen kann, und Hits, bei denen man sich wundert, dass sie nicht nur aus ihren Refrains bestehen. Und die insgesamt eine »Sound-Mood-Strecke« bilden, die das trügerische Gefühl von Trost, Sicher- und Geborgenheit vermittelt.

Dass es damals in den Achtzigern auch eine Bedrohungslage gab – Atomkrieg, Umweltzerstörung, Otto Rehhagel bei Werder Bremen, Mathearbeiten – egal. »It's My Life«, »People Are People«, »Dancing in the Dark«, »Sweet Dreams (Are Made of This)«! Volle Regression voraus. Es geht schon wieder los.

Hipster im Schlamm

Ein paar kleine, gar nicht barbarische Anmerkungen zur neuen Netflix-Serie »Barbaren« – mit Leitkultur und Migrationshintergrund.

Von Uli Hannemann

Wer Angst hat, der folgende Bericht könnte Spoiler enthalten, sei beruhigt: Wir haben das alle eh schon hundertmal gesehen, ob auf Wikipedia (Stichwort »Varusschlacht«), in »Der Untergang«, in Dokumentationen über die Pogrome von Rostock-Lichtenhagen oder, wie eben jetzt auf Netflix: die »Barbaren«.

Der Plot der neuen Serie, die der Streamingdienst kurz vor dem deutschen Schicksalstag 9. November freigeschaltet hat, ist denkbar simpel: Ausländer sind ins Land gekommen, mit eigenen Bräuchen, Göttern und Speisen. Die Meeresfrüchtepizza der Tschuschen knofelt ungewohnt durch den teutschen Wald des Jahres 9 nach Christi Geburt, es riecht nach Unterdrückung.

Die Neuankömmlinge sind selbstbewusst und besser angezogen als die heimischen Cherusker, auch muss irgendjemand ihnen kurz vor Drehbeginn die Haare geschnitten haben. Sie nehmen keinerlei Rücksicht auf die Leitkultur (Wildschweineficken, Weitpissen und sonstige Barbareien). Kurzum, sie stören.

Es gibt ein »Thing« genanntes Plenum (nur für Männer!). Nach dem vergeblichen Versuch, des Nachts den Fremden die Unterkünfte anzuzünden, erschlägt man sie im Wald von hinten. Dabei hilft ihnen ein Typ mit Migrationshintergrund. Alles in allem eine urdeutsche Geschichte.

Es ist eine rechte Männerwelt. Toxische Torftrottel brüllen rum, saufen Met und hauen sich und anderen aufs Maul. Nicht untypisch für archaische Gesellschaften labern sie zwar in einem fort von Ehre, haben aber offenbar kein Problem damit, ihre nichtsahnenden Gäste beim Sleepover kaltblütig im Schlaf zu massakrieren. Oder, frei nach Kant: »Das Leben des Einzelnen endet dort, wo die Ehre des Anderen beginnt.«

Eine Ausnahme inmitten des tobenden Testosteron-GAUs bildet Thusnelda. Die Tochter des verschlagenen Ehrgeizlings Intrigwin Wolfskot, in dessen Hütte es meist nach frischem Röhmputsch riecht, darf sogar mit den Jungs zusammen Römer ärgern. Stets blitzt aus ihrem Kittel neckisch der Brustansatz hervor, aber wer weiß, das hat man vielleicht damals so getragen.

Der Verfasser dieser Zeilen will auch keinen auf prüde machen, er hat überhaupt nichts gegen nackte Frauen, einige seiner besten Freunde sind nackte Frauen. Trotzdem macht es fast wütend, wie einem hier das Alibi-Axthaserl als Speerspitze (sic!) des eisenzeitlichen Feminismus verkauft wird, obwohl diese Lara-Croft-Scheiße im Wildschweingewand doch allzu offensichtlich nur als kundenbindendes Augenzuckerl für streamende alte Säcke mit Germanenfetisch dient: Nazis, Jäger, Geschichtslehrer ...

Ob Sprache, Requisiten oder atmosphärische Details dem Jahr 2014 oder dem achten Jahrtausend vor unserer Zeitrechnung entnommen wurden, ist den Machern völlig wumpe. Alt ist alt. Überhaupt scheint es nur eine einzige Folie für sämtliche Keulenfilme zu geben, eine Mischung aus »Asterix«, »Game of Thrones« und Whiskywerbung für jene Sorte Männer, die über ihre Gefühle sprechen können und trotzdem schon mal in Turnsachen an der frischen Luft waren.

Letzteren Männertypus gab es offenbar schon bei den Germanen. Die männlichen Hauptfiguren wirken, als wären sie selbst zu Besuch: Mit modischem Dutt und Vollbart streifen Gernot Gleitwolf, Thorwarth Torfkopp und wie sie alle heißen auf der Suche nach einem Späti, der nach 23 Uhr noch Met verkauft, durch den Wald. Allen voran legt DJ Ötzi aka Folkwin Wolfsspeer in seinem nonbinären Vintage-Felljäckchen vom Flohmarkt nahe, dass die Gegend szenetechnisch schon vor zweitausend Jahren gut im Kommen war, man hat es vor lauter Bäumen nur noch nicht gesehen.

Aber warum sind alle bloß so schmutzig, fragt man sich, weil man ja auch nie jemanden arbeiten sieht. Doch im nächsten Moment wälzen sie sich schon wieder raufend im Schlamm. Erwachsene Leute. Manche tun sich sogar richtig weh dabei. Hygieneregeln? Fehlanzeige.

Wenn der Hipster-Häuptling vor den Kulissen seines Schlumpfhausens aus schlampig zusammengenagelten Bretterbuden der römischen Delegation im völlig versifften Shirt entgegentritt, schämt man sich einmal mehr für die Deutschen. Also für die Germanen. Also für die Cherusker. Hätte der sich nicht wenigstens kurz mal frisch machen können? Es ist so megapeinlich. Das sind doch unsere Vorfahren, das fällt doch alles wieder auf uns zurück, und dann werden wir in dem malerischen Pastaschuppen in der Toskana wieder nicht bedient.

Neben besagten hippen jungen Kriegern gibt es bei den Germanen selbstverständlich auch noch jede Menge Volk fürs Grobe. Dumm, stark und brutal wecken sie im halb akademischen Streamer diese Moritz-von-Uslar-mäßige »Aber es sind gute Jungs«-Faszination des Sesselpupers für den rauen, doch ehrlichen Proletarier, angereichert mit schlappschwänziger Neidfurcht vor dem körperlich Überlegenen. Dabei können wir eh nicht auseinanderhalten, wo es sich um schlichte Gerüstbauer oder rechte Schläger handelt.

Oder eben um Barbaren – doch wo ist da schon der Unterschied? Wir haben völlig den Kontakt zum einfachen Volk verloren. Hier auf Netflix finden wir ihn endlich wieder, im sicheren Fernsehsessel schließt sich der Kreis auch zur eigenen Vergangenheit: der uralten Angst des Strebers mit der Brille, in der großen Pause von den Barbarenjungen auf dem Schulhof verkloppt zu werden. Die Zwei in Latein hilft ihm hier nicht weiter – im Gegenteil.

Nicht nur deretwegen müssten wir uns eigentlich eher mit den Römern identifizieren, glatt rasiert sowie erstaunlich sauber – so einem würde man doch jederzeit ein gebrauchtes Pferd abkaufen. Sie sind der (noch) lebende Beweis, dass es möglich ist, sich durch Germanien zu bewegen, ohne sich dabei komplett einzusauen.

Aber leider ist man dann doch mal wieder heimlich für die Deutschen, guilty pleasure des eigentlich doch linken Antipatrioten, bekannt aus EM, WM und WW II. Hinzu kommt, dass die Italiener schauspielern, mauern und Zeit schinden, sobald sie erst in Führung liegen. Und den Germanen nehmen sie die Kinder und die Ziegen weg. Das ist doch alles nicht sportlich, oder? Das müssen wir doch nicht gut finden, für die müssen wir doch nicht sein?

Nach der großen Rauferei am Ende wird der Barde an eine Eiche gefesselt, und es gibt Wildschweinbraten. Mahlzeit. Als weitaus gelungenere Genreparodie sei an dieser Stelle die Serie »Norsemen« empfohlen, ebenfalls auf Netflix. Vielschichtiger gestaltet sind hier übrigens die Frauenrollen, egal ob Heimchen oder Kriegerin. Aber das ist ja auch Norwegen und nicht Deutschland.

Wer. Dient. Deutschland?

Von Patric Hemgesberg

Mein Sohn dankt euch für eure Post
Sein junges Herz war schwer
Wie half ihm da mit Halt und Trost
Ein Brief der Bundeswehr

Nicht mehr gammeln, endlich dienen
Siebzehn Lenze sind genug
Orden sammeln – und auch Minen
An der Front beim Heereszug

Bumbum spielen am Gewehr
Im U-Boot trockentauchen
Socken stopfen und (weil leer)
Im Munitionsraum rauchen

So exerziert im Sparkorsett
Man durch Kasernentrümmer
Ach, träf ein Bömbchen klein und nett
Auch's Rekrutierungszimmer!

Chapeau, die Nieten aus dem Feld
In Hochglanz abzulichten
Um Kinder mangels Plan und Geld
Mit Stahlhelm zu beschichten

Mein Sohn sagt leider dennoch Nein
Doch Hoffnung regt sich leise
Vielleicht ziehen euren Kackverein
Ja Rentner aus der Scheiße

„Schleicht euch, ihr Würstchen!"

Der andere Herbert Wehner: Jetzt erscheinen des SPD-Zuchtmeisters gesammelte Büttenreden aus dem Karneval in Buchform.

Von Gerhard Henschel

Er galt als »Zuchtmeister« der SPD: Herbert Wehner (1906–1990). Von 1949 bis zu seinem Ausscheiden im Jahr 1983 saß er im Deutschen Bundestag, und seit 1969 hatte er mit weithin berüchtigter Strenge die SPD-Fraktion geführt. Legendär sind die Schimpfkanonaden, mit denen er die Unionspolitiker bedachte – »Strolch«, »Lügner«, »Quatschkopf«, »Lümmel«, »Schwein« und »Düffel-Doffel« zählten noch zu den charmanteren Beleidigungen.

Einmal sah sich die gesamte Unionsfraktion von Wehner als »nihilistischer Pöbelhaufen« verunglimpft, und 1975 schleuderte er dem CDU-Abgeordneten Heiner Möller die berühmten Worte entgegen: »Waschen Sie sich erst einmal! Sie sehen ungewaschen aus!« Unvergessen ist auch die Aufforderung, die Wehner 1979 an Friedrich Zimmermann richtete, den Vorsitzenden der CSU-Landesgruppe: »Schämen Sie sich, Sie Frühstücksverleumder!«

Diese und andere Bosheiten trugen Wehner 77 parlamentarische Ordnungsrufe und das Image eines grimmigen und bärbeißigen Mannes ein, mit dem nicht gut Kirschen essen gewesen wäre. Vergröbert wurde dieses Bild noch durch Wehners barschen Tonfall und sein finsteres Mienenspiel, das selbst abgebrühten Bonner Journalisten das Blut in den Adern gefrieren ließ, wenn sie ihn interviewen mussten.

Umso größer ist nun die Verblüffung über die Nachricht, dass Wehner einem Karnevalsverein angehörte. Im Jahr 1948 trat er auf einer Urlaubsreise in Oberschwaben als externes Mitglied in die Narrenzunft Biberach ein und hielt dort fortan alljährlich eine Büttenrede. Davon gibt es stenografische Mitschriften, die der Heimatforscher Lukas Pfleiderer aus Ingoldingen letztes Jahr im Vereinsheim der Biberacher Narrenzunft e. V. entdeckt hat. Sie werden im April im Verlag des Berliner Publizisten Edgar Alwin Berendt in Buchform erscheinen – eine Publikation, die dafür sorgen könnte, dass die Geschichte der deutschen Sozialdemokratie umgeschrieben werden muss.

Die vorab veröffentlichten Auszüge lassen darauf schließen, dass Wehner auch als Büttenredner scharf austeilen konnte, wobei er allerdings mehr Wert auf die rhetorische Wucht als auf das korrekte Versmaß legte. Im Jahr 1952 nahm er den Bundeskanzler Konrad Adenauer und dessen Wiederbewaffnungspläne aufs Korn: »Diesem feinen Herrn mit dem Adlerprofil / ist ein Volk ohne Waffen viel zu zivil. / Eine neue Wehrmacht, so meint er, muß her, / denn was sind wir Germanen schon ohne Ger? / Bald haben die Generäle des Führers von Neuem das Sagen. / Wer sich da nicht erbrechen will, braucht einen starken Magen!«

Im traditionell linken Biberach, das im »Dritten Reich« ein antifaschistisches Widerstandsnest gewesen war, kamen diese Worte gut an: Das Sitzungsprotokoll verzeichnet »donnernden Applaus«. So war es auch 1964, als Wehner den Skandal um Ingmar Bergmans Spielfilm »Das Schweigen« thematisierte: »Über Schwedenfilme regen sie sich auf, die Christen, / die sich unter Adolf in die Hose pißten! / Damals duldeten sie jede Schweinerei. / Was sie heute sagen, ist uns einerlei!«

Zu einem Eklat kam es 1969, als maoistische Studenten den Hexenball der Biberacher Narrenzunft zu sprengen versuchten und ein »Teach-in« über einen Vergleich der Preise abhalten wollten, die seinerzeit in Biberach und in Peking für Fahrten mit öffentlichen Verkehrsmitteln verlangt wurden.

An diesem Tag lief Wehner zu seiner Bestform auf. Als die Störer eindrangen, befand er sich gerade mitten in seiner Büttenrede. Aus dem Stegreif bellte er die Verse in den Saal: »Maoisten wollt ihr sein, ihr Laffen? / Na, dann zeigt uns doch mal eure Waffen! / Schleicht euch heim, ihr Würstchen, aber schnell, / denn sonst setzt's was auf das hintere Gestell!« Woraufhin die eingeschüchterten Maoisten den Rückzug antraten.

Selbst Wehners engste politische Weggefährten wussten nichts von seiner Mitgliedschaft in der Narrenzunft Biberach. »Das hat er vor uns allen geheim gehalten«, sagt Hans-Jochen Vogel, der 1983 Wehners Nachfolge als Vorsitzender der SPD-Bundestagsfraktion antrat. »Vielleicht brauchte er das als Ventil. Um mal Dampf abzulassen ...«

Der Veröffentlichung von Wehners gesammelten Büttenreden sieht das politische Berlin jetzt mit großer Spannung entgegen. Einige der noch lebenden Veteranen erzittern bereits bei dem Gedanken, dass Wehner auch sie geschmäht haben könnte. Nur in Biberach herrscht allgemeine Freude. Dieses Buch komme »zur rechda Zeid«, hat die Pressestelle der Narrenzunft Biberach erklärt. »Für uns isch des wie a Sechsr im Loddo!«

Herbert Wehner: »Narhallamarsch«. Sämtliche Büttenreden. Hrsg. von Lukas Pfleiderer. Mit einem Vorwort von Gerhard Polt. Berlin: Verlag E. A. Berendt 2019, 256 Seiten, 24 Euro

TOUCHÉ by ©TOM
WAS IST DAS FÜR EIN LÄRM?
DA UNTEN IST EINE DEMO.
WAS BRÜLLEN DIE ...?
„WIR SIND DAS VOLK!"
SIND ES VIELE?
NEIN.
DANN IST ES SAN MARINO!
SUPER HELDEN

Hingefläzt aufs Eisbärenfell

Die lustige Tierwelt und ihre ernste Erforschung (Folge 100): Zum Jubiläum mal etwas über eine allzu tierische Spezies – den Menschen.

Von Helmut Höge

In seinen »Geschichten von weißen Männern« (1926) erwähnt der dänisch-grönländische »Eskimologe« Knud Rasmussen zwei Arten, die von den alten Eskimos unterschieden wurden: die Qavdlunatsait – feindlich-kriegerisch gesinnte Männer – und die Qavdlunat – eher freundlich gestimmte. Beide Weiße sind jedoch auf die gleiche Weise in und über die Welt gekommen: »In den ersten Zeiten waren alle Menschen Eskimos. Doch dann geschah es, dass ein Hund ein Mädchen zur Frau nahm, und von ihrer Brut stammen die weißen Männer.« Das Mädchen schämte sich seiner Kinder und setzte sie mit einem Stück Fell auf einer Eisscholle aus, mit der sie in alle Länder drifteten und »die Stammväter aller weißen Männer wurden.«

Das mag man glauben oder nicht, aber die weißen Männer gibt es – mehr als einem lieb ist. Und hündisch sind sie auch wie die Pest. Trotz aller übertreibenden Ichigkeit haben sie gern einen Rudelführer – die kollektiven Inuuk sagen dagegen oft »man« und untertreiben eher. Aber es geht hier nicht um Denunziation, sondern um Ethologie.

Die weißen Männer sind im Durchschnitt zwischen 1,55 und 1,85 Meter groß, wiegen zwischen 60 und 160 Kilo, ihre Blondhaarigkeit mendelt sich langsam raus, sie essen viel Fleisch, sind meist christlich-monogam geprägt, vögeln aber auch gern außer der Reihe. Wer tut das nicht? Die weißen Männer werden von jungen Mädchen bereits frühzeitig als »alte« weiße Männer abgetan. Diese sollen angeblich die Welt regieren. Im Kleinen wie im Großen.

Der kanadische Polarforscher und Ernährungswissenschaftler Vilhjálmur Stefánsson hat auf mehreren Arktisexpeditionen, mit Inuuk und weißen Männern an Bord, die Erfahrung gemacht, dass der weiße »Mann vom Arbeitertypus ein Gefühl der Herabsetzung hat, wenn er gezwungen ist, die Nahrung von ›Wilden‹ zu essen, während der Mann vom Intellektuellentypus, wenn er die Nahrung eines fremden Volkes versucht, durch einen gewissen Reiz des Abenteuerlichen sich angezogen fühlt«, wie er in »The Friendly Arctic« (1923) schreibt, das auf Deutsch ziemlich prophetisch »Länder der Zukunft« heißt.

An anderer Stelle unterscheidet er pragmatisch die weißen Männer, denen das »Spießbürgertum im Blute liegt«, von jenen, die »jung und aus gutem Hause« sind. Diese – »draufgängerischen« – seien »das beste Material für Polarforscher«. Während die heutigen Inuuk zwischen [armen] weißen Trappern (Fänger) und [reichen] weißen Trophäenjägern unterscheiden. Letztere lehnen sie ab, es sei verderblich, aus bloßer Lust am Töten die Tierwelt zu stören.

Den Inuuk gesteht man zur Subsistenzsicherung Quoten an arktischem Großwild zu. Da sie für die Jagd mit modernsten Waffen und Motorschlitten ausgerüstet sind, fragen sich weiße Tierschützer: Wo ist dabei noch etwas von ihrer »traditionellen Lebensweise«? Zumal sie aus den ihnen zugestandenen Quoten auch gern für viel Geld Abschüsse an weiße Trophäenjäger verkaufen. Vor allem die Eisbärquoten gehen weg wie warme Semmeln.

Die Eskimos sind Weiße geworden, sagen weiße Eskimologen und Inuuk, in Grönland gehen Pessimisten wegen des Klimawandels und der Ausbeutung der dortigen Rohstofflager davon aus, dass es die Inuitkultur dort bald nicht mehr gibt.

Auch mit den Eisbären soll es zu Ende gehen. Der Eisbär ist so etwas wie ein Übervater für die Inuit gewesen. Sie haben von ihm das Überleben in der arktischen Wüste gelernt, das Schneehüttenbauen, den Robbenfang und nicht zuletzt die Nutzung seines Fells als Kleidung – nachdem sie von Indianerstämmen immer weiter nach Norden gedrängt worden waren. Heute tragen die Inuuk kaum noch Fellkleidung. Sie bedarf der Frauenarbeit.

In den Touristenläden auf Spitzbergen stammen die zum Verkauf gestapelten Eisbärfelle aus Nordamerika. Im Inuuk-Territorium Nunavut ist zwischen der Inuitsicht auf das Eisbärproblem, das ein Quotenproblem ist, und den weißen Eisbärforschern, die das Raubtier auf die Liste der gefährdeten Arten setzen wollen, ein Streit ausgebrochen, wobei eine weiße Weltsicht erstmalig durch eine Inuitweltsicht herausgefordert wird. Eine weiße kanadische Eisbärforscherin kämpft auf ihrer Seite.

In der Arktis braucht jeder Eisbär ein Territorium von vielen Hundert Quadratkilometern, wobei die meisten es jedoch vorziehen, nomadisch zu leben, insofern sie jährlich mehrere Tausend Kilometer wandern. Außer den reichen Trophäenjägern und den letzten indigenen Eisbärjägern tauchen inzwischen wieder vermehrt Fellhändler auf. Bis zu 3.000 Euro zahlen reiche Chinesen für ein Eisbärfell, und es gibt immer mehr reiche Chinesen. Sie haben die erotisch aufgeladene Mode der weißen Reichen zur Hochzeit von Hollywood wieder aufleben lassen.

Damals gab es kaum einen weißen weiblichen Star, der sich nicht lasziv auf einem Eisbärfell rekelte, genannt seien: Pola Negri, Jean Harlow, Ann Miller, Ann Sheridan, Joan Collins, Ann Crawford, Carroll Baker, Edwina Both, Lisbeth Scott, Olga Baclanova, Dolores Del Rio, Rita Hayworth, Grace Kelly, Veronica Lake, Marlene Dietrich, Marilyn Monroe – und zuletzt die Präsidentengattin Melania Trump.

Nun ist schon lange nicht mehr zu leugnen, dass es neben den weißen Männern auch weiße Frauen gibt, die jedoch erst viel später als die Männer in der Arktis auftauchten. Einmal, so erzählt es Knud Rasmussen, »kam eine solche Frau an Land«. Sie setzte sich auf einen Stein vor dem Zelt eines alten Mannes, dem vor vielen Jahren seine Frau gestorben war, und diese Weiße glich so sehr der Verstorbenen, dass ihre Verwandten der weißen Frau einen Möwenbalg um den Hals gaben.

»Da lächelte die Frau und ging zu dem großen Schiff zurück.« Die Eskimos waren sich sicher, dass es »die Seele der Verstorbenen war, die in der weißen Frau wieder auferstanden war«. So oder so ähnlich muss oder kann man sich also das Erscheinen der weißen Frau lange nach Erscheinen des weißen Mannes vorstellen.

Beide stellten sich gern über schwarze Männer. Mit gutem Willen kann man da eine Differenz aus arktischer Sicht auftun: So redet zum Beispiel der afroamerikanische Polarforscher Matthew Henson, der den Expeditionsleiter Robert Peary auf allen Polarfahrten begleitete, an keiner Stelle seines Berichts »A Negro Explorer at the North Pole« (1912) von der Jagd, wodurch die nichtgescheiterten Expeditionen sich oft Nahrung verschafften, wohingegen die Weißen schon ab New York von nichts anderem mehr sprachen. Auch in dem Buch des togolesischen Grönlandforschers Tété-Michel Kpomassie aus den Sechzigerjahren »Ein Afrikaner in Grönland« kommt die Jagd so gut wie nicht vor.

In »North Pole Legacy. Black, Whites and Eskimo«, das der afroamerikanische Neurologe, Polarforscher und Direktor der Harvard-Stiftung für interkulturelle und -rassische Beziehungen S. Allen Counter 1991 veröffentlichte, wird die Neigung des weißen Mannes, hierarchisch zu differenzieren, deutlich, vielleicht gilt diesem deswegen die Treue von Hunden als die wahre.

Vorfreude aufs Fest

Von Jan Kaiser

Zwanzigzwanzig, Weihnachten:
Frohlockt! Das wird ein Traum!
Mindestabstand, Schnapsverbot,
mit Maske unterm Baum.

Keiner wird gedrückt, umarmt,
und die Kinder tröten
»Lasst uns froh und munter sein«
auf eingeschweißten Flöten.

Opa hockt alleine rum,
denn Oma sitzt im Garten.
Zur vollen Stunde wird getauscht,
bis dahin muss sie warten.

Fünf Personen maximal!
Gerechnet zimmerweise.
Gesungen werden darf um sechs,
ein Lied nur, und ganz leise.

Als Geschenke sind erlaubt:
Nur Masken oder Seife!
Alles RKI-geprüft,
sogar die rote Schleife.

Stündlich wird man abgeschrubbt,
vom Kopf bis zu den Hüften.
Und streng im Zehn-Minuten-Takt
heißt's: Lüften! Lüften! Lüften!

Die Gans ist auch coronaclean
getestet, wer mag kosten?
Um zwölf Uhr dann der Weihnachtsgruß
vom heil'gen Christian Drosten.

Hakapocalypse now

Warum die All Blacks am vorigen Samstag im Halbfinale der Rugby-WM zwischen Neuseeland und England wirklich verloren haben.

Von Francis Kirps

Ganz Neuseeland trägt Trauer, und die Welt hofft, dass 4.793.700 Menschen jetzt nichts Unbedachtes tun. Denn das Unmögliche ist passiert: Die legendären All Blacks, das neuseeländische Rugby-Nationalteam, ist im Halbfinale der WM von den Engländern aus dem Wettbewerb gekegelt worden. Damit ist nicht nur der felsenfeste Traum vom dritten Weltmeistertitel in Folge geplatzt, es war auch die erste Niederlage in einem WM-Spiel für die All Blacks seit über zwölf Jahren. Auf einmal nicht mehr unbesiegbar sein, daran wird der kleine Inselstaat von der anderen Seite der Erde lange zu knabbern haben.

Der *Herald*, die größte Zeitung des Landes, erschien am Tag nach der Niederlage mit einer völlig schwarzen Titelseite. Rugby ist in Neuseeland nicht Nationalsport, es ist mehr als das. Das erste Wort, das ein neuseeländisches Kind sagt, ist nicht »Mama« oder »Kiwi«, sondern »Rugby«. Die erste Rugby-Regel in Neuseeland lautet: Wir. Gewinnen. Immer. (Und am liebsten gegen Australien!)

Dann geschah am vorigen Samstag das Unvorstellbare: WM-Aus gegen ein Rugby-Entwicklungsland vom Rande Eurasiens. Wie konnte das passieren? »Irgendwas mit dem Haka muss nicht gestimmt haben«, sagt All-Blacks-Kapitän Kieran Read (193 cm; 111 kg) und rückt den Eisbeutel auf seinem kantigen Kopf zurecht. Der Mann mit dem markanten Kinn wirkt ratlos: »Vier Jahre lang haben wir auf diese WM hingearbeitet. Jeden Tag nur Haka, Haka, Haka. Wir haben Haka gegessen, wir haben Haka getrunken, und wir haben Haka geschissen.«

»Wir haben mit Haka geschlafen«, ergänzt Joe Moody (188 cm; 122 kg), während er sein zugeschwollenes rechtes Auge betastet. »Bei der Probe am Freitag haben die Abläufe picobello geklappt, jedes Zähnefletschen saß perfekt«, meint Trainer Steve Hansen. »Und wir haben alle Gegner vor der WM genau analysiert: Das ›Manu Siva Tau‹ der Samoaner, den ›Cibi‹-Tanz der Fidschi-Inseln-Bewohner, die englische Hymne an ihre Muttergottheit und das atonale Gebrüll der Franzosen.«

»Das Kapa o Pango hat gegen England immer super funktioniert, es ist der stärkste Zauber, den es gegen die einlullende Macht des ›God Save the Queen‹ gibt«, grunzt Brodie Retallick (204 cm; 121 kg) und spuckt ein Zahnfragment aus.

Im Moment analysieren Sportmediziner, Tanzlehrerinnen und Medizinmänner in den neuseeländischen Rugby-Laboren das Video des Unglücks-Haka und notieren sich Schrittfehler und Unregelmäßigkeiten. Auch die Nationalhymne wird untersucht, um festzustellen, ob sich ein Spieler versungen hat. Die Trikots werden ebenfalls durchleuchtet, vielleicht war das All-Black-Schwarz ja durch einen Produktionsfehler einen Tick zu hell.

Für die Spieler indes ist der Fall klar: Das Haka wurde vom Gegner sabotiert. »Ihr Kapitän hat mir zugezwinkert«, jammert Joe Moody, »da konnte ich mich nicht mehr auf das Grimassenschneiden konzentrieren.« Und Millionen Menschen an den Bildschirmen waren Zeugen, wie die Engländer sich in V-Formation vor den Neuseeländern aufgestellt hatten, statt in einer geraden Linie, wie es sich aus Respekt vor der uralten Zaubermacht geziemt.

»Ich habe mich total eingekesselt gefühlt«, weint Nepo Laulala (184 cm; 122 kg). »Das haben die doch mit Absicht gemacht. Und immer diese ironischen Blicke.« – »Und für mich sah es nicht wie ein V, sondern sogar fast schon wie ein U aus«, meint ein anderer Spieler, während er versucht, sein abgerissenes rechtes Ohr wieder am Kopf festzumachen. Laulala nickt knacksend: »Gut möglich, dass es sich um ein U gehandelt hat. Diese Verbrecher!«

»Der Weltverband muss Maßnahmen ergreifen, damit so etwas nicht mehr vorkommt«, regt sich der Trainer auf. »Es macht unseren Sport kaputt«, bekräftigt Kieran Read und haut mit seinem Gipsarm auf den Tisch.

Es wäre nicht das erste Mal, dass ein Gegner das Haka mit unfairen Mitteln zu zerstören versucht. Noch allzu gut ist der »Franzosenpfeil« aus dem WM-Finale 2011 in Erinnerung, als »Les Bleus« sich dem Haka in Pfeilformation entgegenstellten. Verloren haben sie trotzdem und bekamen zudem vom Verband eine saftige Geldstrafe von 2.500 Pfund aufgebrummt.

Den Engländern könnte Ähnliches passieren. Vor allem ihr Spieler Joe Marler (184 cm; 120 kg) riskiert eine Geldbuße. Der bärtige Hüne mit dem markanten Iro, der für die London Harlequins spielt, war nämlich einen Schritt zu weit nach vorn getreten, sodass seine Fußspitze die neuseeländische Spielhälfte übertrat. »Spätestens da hätte das Spiel abgebrochen werden müssen«, knurrt Read.

Joe Marler verteidigte sich damit, er habe »nicht verstanden, was wir machen sollen. Hey, ich bin Rugby-Spieler und kein Formationstänzer.« Die All Blacks aber nehmen mit Blick auf die nächste WM 2023 in Frankreich für alle Fälle schon mal Cancan-Unterricht.

Sitzt du noch?

Neu auf dem Markt: Die elektronische Fußfessel »Lasse«. Denn Ikea will jetzt auch Justizvollzugsanstalten einrichten. Politiker sind begeistert.

Von Tanja Kokoska

Der schwedische Einrichtungsgigant Ikea geht in Deutschland neue Wege. Der Konzern setzt künftig nicht mehr nur auf Möbelhäuser in Feldrandlagen. Jetzt will er auch ein eigenes Gefängnis betreiben. »Unsere Vision geht über das Einrichten an sich hinaus. Wir wollen für alle Menschen in jeder Lebenssituation einen besseren Alltag schaffen«, erklärt Geschäftsführer Peter Patrull.

Im Hamburger Stadtteil Billystedt soll Deutschlands erste Justizvollzugsanstalt »made by Ikea« entstehen. Mehr als 80 Millionen Euro will der Konzern investieren und rund 150 Haftplätze schaffen, bezugsfertig ab Frühjahr 2015.

»Gesellschaftliche Verantwortung ist Teil unserer Unternehmensphilosophie. Ein Zuhause – und sei es ein Zuhause auf Zeit –, das ist mehr als ein paar Möbel. Es ist das Gefühl, daheim zu sein«, sagt Patrull. Ein Gefängnis sei zudem der ideale Ort, um das Ikea-Konzept für kleine Räume konsequent umzusetzen.

»Ganz gleich, wie groß ein Zuhause ist, irgendwie hat man ja immer zu wenig Platz«, lacht der Ikea-Chef. »Und vier Menschen, die auf 18 Quadratmetern zusammenleben, das klingt natürlich chaotisch. Aber hier werden Sie sehen: Mit den richtigen Ideen findet jeder Platz, von dem er nicht wusste, dass er da ist.«

Unter dem Motto »Sitzt du noch?« soll das Gemeinschaftsgefühl gestärkt werden. »Jeder neue Insasse erhält ein Starter-Kit mit Inbusschlüsseln, Gummihammer, Kombizange, Nägeln und Schrauben. Dann bauen alle ihre Zellenmöbel zusammen auf. Das stärkt die Kameradschaft und das Gefühl, nützlich zu sein«, erläutert Human-Resources-Managerin Vroni Hasser.

Um die Mitarbeiter auf den Kontakt mit Strafgefangenen vorzubereiten, seien spezielle Personality-Schulungen mit psychologischer Tiefenwirkung geplant. »In jedem Menschen steckt die Ikea-Kultur, was immer er getan hat«, sagt Hasser. »Wir erkennen das Potenzial, ein geradliniger, bodenständiger Mensch zu werden.«

In der Verwaltung orientiere man sich an dem Konzept der JVA Hünfeld in Hessen – das Musterbeispiel für ein privat betriebenes Gefängnis. Hier kümmert sich der britische Dienstleistungskonzern Serco um die Insassen, zur Zufriedenheit des Justizministeriums. »Keine Aufstände, Selbstmorde oder Ausbrüche, hier läuft alles nach Plan«, lobte Jörg-Uwe Hahn (FDP). Nur die britische Gefängniskost gehe manchem aufs Gemüt. »Da wären sogar diese schwedischen Schnellschussbuletten mal eine Abwechslung«, erklärte der Noch-Minister.

Aber die Vorteile seien insgesamt erheblich, besonders die finanziellen: Im Vergleich zu einem rein staatlichen Gefängnis koste das privatisierte Hünfeld fast 700.000 Euro weniger pro Jahr. Hahn: »In Zeiten knapper Kassen ist das eine echte Win-win-Situation, sowohl für eine Landesregierung als auch das betreibende Unternehmen.«

Hamburgs Erster Bürgermeister Olaf Scholz (SPD) betont, man sei »nicht an einer Billy- ... äh, Billiglösung interessiert, sondern an einer wirtschaftlichen Innovation des Strafvollzugs durch die Nutzung privaten Sachverstandes«. Bei Ikea handele es sich, so Scholz, um ein international tätiges Unternehmen, das bereits Erfahrungen mit der Nutzung von Haftanstalten etwa in der Deutschen Demokratischen Republik sowie in Kuba vorweisen könne. Die Maßregelung von Gefangenen, versichert Geschäftsführer Patrull, bleibe jedoch Aufgabe der Beamten: »Keine Sorge, unsere Mitarbeiter können jemanden höchstens mal einen Tag im Bällebad fixieren, wenn er nicht pünktlich beim Umschluss war.«

Der Gefängnismarkt in Deutschland sei verlockend, so Patrull. »Jedes Bundesland braucht in absehbarer Zeit mindestens eine neue JVA. Wir können diese schlüsselfertig liefern, kostengünstig und schnell.«

Expansionspotenzial erkenne er auch in der Abschiebungshaft. »Es gibt ja immer wieder diese schrecklichen Berichte, dass sich da einer umgebracht hat.« Hier könne sein Konzern mit einer breiten, auch für knappe Landeskassen erschwinglichen Einrichtungspalette entgegenwirken. Es sei wissenschaftlich erwiesen, dass Menschen »sich besser fühlen und glücklicher sind, wenn sie schöne Farben und Formen in den Dingen erleben, die sie täglich umgeben, so bescheiden diese auch sein mögen«, sagt Patrull.

Oft genüge schon ein einfacher Schwingstuhl, um bessere Laune zu bekommen. Auf diese Weise würden Abgeschobene »bei der Rückkehr in ihre Heimat zu Botschaftern unseres ›Demokratischen Designs‹. Und das kann vielen Ländern ja nur guttun.« Die entsprechende Produktlinie »Breivik« soll ab Frühjahr 2015 auch in allen frei zugänglichen Ikea-Märkten angeboten werden. Dazu passend gebe es bereits jetzt die elektronische Fußfessel »Lasse« sowie das Bettenschutzgitter »Fixa«.

Sittlich reife Schweine

Neues aus der beliebten Rubrik »Sprachkritik«: Verkürzte Formulierungen lassen Sprachbilder mitunter gar arg ins Schiefe trudeln.

Von Peter Köhler

Dass sich die Sprache wandelt, ist eine 08/15-Weisheit, die umso weniger schmeckt, je älter man wird. Der Tattergreis freut sich, wenn die jungen Leut' Wörter wie »sintemal« *(taz)* in den Druck geben und er sich Hoffnung auf Fortdauer dessen, das noch älter ist als man selbst, machen kann, selbst wenn es »förderhin« *(Spiegel)* knapp danebengehen sollte.

Apropos knapp! Entgegen dem Vorurteil, dass der Nachwuchs plappert und quasselt, zeigt er auch den Willen, sich kurzzufassen. Allerdings fasst er sich dann zu kurz: »Der designierte Giuseppe Conte soll in seinem Lebenslauf geschummelt haben«, schrieb die ewig junge *taz* über den kommenden Ministerpräsidenten Italiens und meldete, dass *Arte*-Programmdirektor »Biehle sogar noch etwas verlängert worden« ist – und nicht sein Vertrag.

Richtig ist das nicht, aber schön; und warum sollte man ausschreiben, was man sich denken kann! Außerdem soll man die Leser nicht unterschätzen. Ein fehlerhafter Text trainiert die Aufmerksamkeit und aktiviert den eigenen Wortschatz, wenn man den passenden Ausdruck suchen muss anstelle eines nicht ganz richtigen, der zwar aus dem Bedeutungsumfeld stammt, aber knapp danebenliegt wie die »schmale Reichweite« der E-Autos *(NDR 4)* und das »hohe Wissen« *(3sat)*, wie die USA als »sinniger Markt« und

Bangladesch als »eines der am meisten bevölkerten Länder der Erde« *(taz)*.

Es weckt das Bewusstsein für die Sprache und das von ihr abgebildete Verhältnis des Menschen zur Welt, wenn in den Ställen »die Schweine längst gereift« *(DLF)* sind und demnach gepflückt oder geerntet werden; oder in den USA »anders als in Deutschland die Leitungen meist überirdisch verlegt« *(gmx.de)* sind, was in Gods own country ja nicht anders zu erwarten ist.

Eine Zeitung ist, wie die *taz*, stets »Chronikerin ihrer Zeit«, aber weil die Gegenwart die Ausgeburt der Vergangenheit ist, hat sie auch ein Auge auf diese – und sieht in Niedersachsen einen Minister, weil er eine konservative Legende über die Revolution von 1918 aufwärmt, »ein legendäres Vorwort« *(taz nord)* schreiben. Für die *taz* scheinbar ein überraschendes Urteil, aber der Presse ist nun mal die Trennung von Meinung und Äußerung wesenseigen; auch das lernen so die Leser von selbst.

Die Presse gibt vielerlei Meinungen Raum, weshalb die insofern auch aufklärerisch linke *taz* die Revolution wieder lobt, hat sich doch dank ihr seither »bei der Repräsentanz von Frauen im politischen Bereich einiges getan – wenn auch müßig«.

Etwas weniger Muße hatte Ret Marut, der sich später B. Traven nannte, um sich Anfang 1919 glücklich »seiner standesrechtlichen Erschießung« *(taz)* zu entziehen. Der Mann vom damaligen Stand der Anarchisten starb aber später dennoch, 1969 in Mexiko-Stadt, und erlitt das gleiche Schicksal wie alle Menschen – fast alle! »Auf dem Totenbett rief er aus: ›Warum soll ich überhaupt sterben?‹«, schrieb *Der Spiegel* über *CBS*-Gründer William Paley. Wirklich muss ihm als erstem Menschen seit Jesus das Wunder der Auferstehung gelungen sein – gewöhnliche Menschen können am Ende nur etwas auf dem Sterbebett sagen, dann nichts mehr.

Ja, man lernt viel durch Medienkonsum, der erstaunlich »lohnenswert« (*taz* et al.) ist, also des Lohnens wert: Nicht nur, dass die Grenze zwischen Leben und Tod unscharf ist, sondern ebenso die zwischen Geist und Körper, Mensch und Sache. »Auch seine Körperkräfte strotzen vor Zuversicht«, rühmt de.chessbase.com einen Schachspieler, für dessen beschränkte Kenntnisse der Theorie man Verständnis hat, denn er »konnte nicht so sehr an seinem Repertoire feilen, sondern musste praktikabel sein«. Im *Göttinger Tageblatt* wird in einer ganzseitigen Anzeige gefordert: »Lügen das Handwerk legen«, der *Deutschlandfunk* klagt: »Der EU-Beitritt Kroatiens war keine Garantie dafür, die nationalistischen Ideologien in die Schranken zu weisen«, und die *taz* warnt vor »Politikernamen, die sich unsittlich verhalten haben sollen«.

Erwartungsgemäß esoterisch geht es unter Psychologen zu, die in einer *taz*-Anzeige behaupten: »Begriffe wie Affirmation, Opposition und Subversion suchen eine Neubestimmung« – Menschen braucht's dazu nicht mehr! *Arte* tickt ähnlich: »Die bildgewaltige Entdeckungsreise durch fünf junge Staaten im Südosten Europas besucht spektakuläre Naturphänomene auf dem Balkan« – ob Menschen an der Reise teilnehmen, oder ist sie allein unterwegs? Und im Arabischen Frühling gab es »Aufstände, denen es um die Bedürfnisse und Wünsche der Menschen ging« *(taz)* – schön, dass die Aufstände sich selbstlos für andere einsetzen.

Ja, früher! Mit diesem Seufzer zieht sich der olle Sprachkritiker nun zurück, sintemal es im Bewusstsein der eigenen Mängel anmaßend wäre, sein Sprachgefühl anderen »überzuhelfen« *(taz)*, was immer das heißen mag. »Überstülpen, aufdrängen, vorschreiben« nicht, sonst stünde es ja da.

Im Namen der Hodenfee

Lange wurden Flora und Fauna mit albernen Bezeichnungen verhöhnt. Doch nun gilt endlich das Gute-Namens-Gesetz.

Von Kriki

Mobbing ist generell eine Schweinerei. Wenn aber die Schwächsten der Schwachen gemobbt werden, so ist das eine bodenlose Schweinerei. Und die Schwächsten der Schwachen sind kleine Tiere und hilflose Pflanzen, die sich nicht gegen die groben und inhumanen Menschen wehren können.

Die Verächtlichmachung unschuldiger Wesen durch den Menschen ist leider universell und fängt bei der Namensgebung an. Für diese sind »objektive« Wissenschaftler zuständig, und diese feinen Herrschaften nutzen ihre Macht ohne Hemmungen aus.

Ihr ätzender Tier- und Pflanzenhass spiegelt sich in der langen »Liste der Schande« wider, die die schier endlose Reihe der diskriminierenden Tier- und Pflanzennamen aufführt.

Wovon hier die Rede ist, sollen nur einige besonders widerwärtige Beispiele belegen: Harmlose Pflanzen werden Wasserpest, Bucklige Wasserlinse und Knöterich getauft, kleine unschuldige Tiere gar Sackspinne, Schnauzenfalter oder Buckelspinne. Da werden im vermeintlich wertfreien Reich der Wissenschaft unverhohlen Lebewesen behindertenfeindlich und mit verächtlich machenden Attributen diskriminiert!

Doch es naht Besserung und Wiedergutmachung durch das Gute-Namens-Gesetz, das jegliche negative Zuschreibung bei der Namensgebung verbietet. Es wurde eine verbale Eingreifgruppe ins Leben gerufen, die Glüko (Glückliche-Namens-Kommission), die sich zur Aufgabe gemacht hat, die Tiere und Pflanzen mit diskriminierenden Namen umzutaufen. Die neuen Bezeichnungen sollen die bemitleidenswerten ehemaligen Parias der Flora und Fauna mit Stolz und Selbstbewusstsein erfüllen.

Die vormalige Wasserpest heißt jetzt Glückselige Wasserfreude, die Bucklige Wasserlinse wurde in Verwandtschaftslinse umgenannt und der Trughecht in Listiger Hecht. Die despektierliche Sackspinne wurde zur Hodenfee, und der Palmendieb darf nur noch Mutmaßlicher Palmendieb genannt werden.

Grundsätzlich wurden beleidigende Tiernamen wie Ratte, Schwein und Zecke gestrichen oder positiv aufgeladen. Die Ratte wurde zur Großen Kuschelmaus und die Zecke zur Schwer-auf-Zacke. Aufgewertet wurde das Schwein zum Glücksschwein, das Meerschweinchen zum Viel-mehr-Schweinchen, und das Warzenschwein heißt jetzt Glücksschwein mit Hautirritationen. Die gemeine Schmeißfliege wurde zur Großen Wurffliege und die Fleckenhyäne zur Steppenhygiene. Die kleine Wanze heißt jetzt Funze (sprich Fanze), und der problematische Schweinehund wurde zum inneren Rüsselrüden.

Der Grindwal heißt nunmehr Lindwal, und sein Vetter, der Buckelwal, schwimmt jetzt als Imposanter Rückenmuskelwal durch die Weltmeere. Und der weiße Wal? Wird nicht länger von gewissenlosen Ahabisten als Mobbi Dick gemobbt. Der weiße Pottwal nennt sich jetzt zufrieden Pokalwal.

In einem besonderen Fall bekam die empfindliche Mimose von der Namenskommission ihren ursprünglichen Namen zurück: Schamhafte Sinnpflanze. Was für ein empfindsamer, nachdenklich machender Name für eine Pflanze!

Nur der Lindwurm wurde zum Grindwurm zurückgestuft, er ist aber auch zu widerwärtig!

Der homosexuelle Mann …

Von Elmar Kraushaar

… geht in Rente. Ach Quatsch, das war ein Scherz! Homosexuelle Männer gehen nicht in Rente, sie werden lediglich älter, bleiben aber vital und aktiv ihr Leben lang. Das sind sie ihrer Veranlagung schuldig.

Ich aber, der Autor dieser Kolumne, höre auf. Nach dreißig Jahren, in denen ich jeden Monat meinen ganz persönlichen Blick auf die Welt der Homo- und der Heterosexuellen geworfen habe. Die ersten zehn Jahre war ich in der Berliner Stadtzeitung *Siegessäule* und später in dem überregionalen Monatsmagazin *Magnus* unterwegs, bis ich im Februar 1995 in die *taz* auf diese Seite gewechselt bin.

Je einmal pro Monat – das war die Idee – wollten meine lesbische Kollegin Viola Roggenkamp und ich uns homosexueller Frauen und Männer annehmen, subjektiv, kritisch und unzensiert, ohne die Perspektive unserer heterosexuellen Kollegen zu berücksichtigen. Viola blieb nur kurz dabei und widmete sich anschließend mit ganzer Kraft ihren wunderbaren Büchern. Ich machte alleine weiter und genoss das Privileg, mich alle vier Wochen auf 100 Zeilen einem Thema oder einer Person meiner Wahl zuzuwenden.

In meiner allerersten *taz*-Kolumne schrieb ich über »Mr. Tagesschau«, den schwulen Werner Veigel, und den Wunsch der Schwulen nach Respektabilität und Ansehen. Ein paar

Monate später landete ich einen Knaller, der katastrophale Missverständnisse nach sich zog. In dem Text kritisierte ich den feigen Umgang der Schwulenbewegung mit Pädophilen. Ich forderte, sich mit ihnen auseinanderzusetzen, anstatt sie totzuschweigen. Das bringt mir bis heute den zweifelhaften Ruf eines Pädoliebchens ein, und in vielen Medien muss diese Kolumne immer wieder als Beleg für die pädofreundliche Haltung der *taz* noch in den Neunzigerjahren herhalten.

Zwar nur von schwulen Lesern, aber mindestens genauso heftig wurde mir ein paar Jahre später eine andere Kolumne um die Ohren gehauen. Darin erzählte ich von einem Freund, mit dem ich noch in den Siebzigerjahren schwulenpolitisch unterwegs war, der sich dann aber für sein Leben anders entschied, eine Frau heiratete und Vater zweier Kinder wurde. Für meine Kritiker war klar: Jetzt war ich endgültig rechts und redete den Homoheilern das Wort.

Bei aller Freiheit der Themenwahl wurde die Kolumne zweimal zensiert in den zwanzig Jahren, aparterweise jeweils von einer lesbischen Chefredakteurin, die den Text von der Wahrheit-Seite nahm und ein Erscheinen verhinderte. Der Grund für den rabiaten Eingriff hieß beide Male Jan Feddersen. Ich hatte den schwulen *taz*-Redakteur kritisiert, das aber war nicht erlaubt. Feddersen gehört offensichtlich zu den Unberührbaren, jedenfalls in dieser seiner Zeitung.

Selbst wenn ich die Kolumne schließe, höre ich doch nicht auf zu schreiben, andernorts und hier – in anderer Form. Denn Homo-Ehe, Volker Beck und blöden Heteros gebührt weiterhin auch Widerspruch. Und – siehe oben – schwule Männer gehen nicht in Rente.

TOUCHÉ by © TOM
WEHE, DU PINKELST DA REIN, FREUNDCHEN!
WARUM?
DLRG
SO WENIG PIPI IN SO VIEL WASSER! DAS MACHT DOCH NIX!
DLRG
UM 16 UHR 30 IST HOMÖOPATHENSCHWIMMEN!

Brot ist nicht dumm!

Endlich ist Schluss mit nahrhaften Vorurteilen:
Teigwaren dürfen nicht mehr diskriminiert werden.
Denn sie sind hochintelligent.

Von Tanja Küddelsmann

Jeder kennt es: »Dumm wie Brot« charakterisiert als gängiges Klischee eine Person, die nicht besonders viel auf dem Kasten hat. Doch tut man damit dem Backwerk nicht Unrecht? »Auf jeden Fall«, sagt der führende Brotforscher Prof. Dr. Maximilian Strudthoff von der Universität Magdeburg. Der Wissenschaftler hat in den letzten Jahren an der Intelligenz unterschiedlicher Brotsorten geforscht und ist dabei auf erstaunliche Ergebnisse gestoßen: Zwar gebe es verschiedene Intelligenzstufen, doch »dumm« im klassischen Sinne sei Brot keineswegs.

Kürzlich abgeschlossene Untersuchungen hätten beispielsweise ergeben, dass Toastbrot recht schnell lerne, Fotos von Menschen von solchen mit Comicfiguren zu unterscheiden, eine Leistung, die »wir ihm anfangs nicht zugetraut hätten«, gibt der 49-jährige Brotprofessor zu. »Das ermutigte uns, weitere Versuchsreihen, etwa mit Graubrot, Mischbrot und Schwarzbrot, durchzuführen.«

Dabei habe sich recht schnell eine Faustregel herauskristallisiert: Je geringer der Weißmehlanteil, desto höher die Intelligenz. Aber auch die Frische spiele eine Rolle, erläutert Strudthoff: »Ein drei Tage altes Rosinenbrötchen beispielsweise ist gerade einmal in der Lage, Farben zu erkennen und zuzuordnen.« Da helfe selbst der Anreiz durch zusätzliche Rosinen nicht weiter. Zum Vergleich habe man auch zwei Wochen alte Rosinenbrötchen getestet, aber da, so der Wissenschaftler, »war keinerlei geistige Aktivität mehr festzustellen«.

Hingegen rühmt Strudthoff die kognitiven Möglichkeiten einer lange verkannten Spezies: Frisches Graubrot ähnle in seiner Intelligenz Schimpansen. Tests ergaben, dass Graubrote in der Lage waren, sich gegenüber ihren Artgenossen durch Vortäuschung falscher Tatsachen einen Vorteil zu verschaffen.

»Das allein erfordert schon eine ziemliche geistige Leistung«, erläutert Strudthoff. Außerdem – und das sei die eigentliche Sensation – habe Graubrot in Studien mit der künstlichen Sprache Yerkish, die 1970 für die Kommunikation mit Menschenaffen entwickelt wurde, erstaunliche Lernfähigkeit bewiesen. »Wir waren selber verblüfft, als wir feststellten, dass hier eine Abstraktionsleistung vom konkreten Objekt zum Symbol möglich wurde«, so der Forscher.

Das Team geht davon aus, dass diese erstaunlichen Ergebnisse auf den enthaltenen Sauerteig zurückzuführen sind. Durch einen Artikel in der renommierten Zeitschrift *Nature Yeastly* wurden diese Erkenntnisse einem großen wissenschaftlichen Publikum bekannt – Einladungen zu internationalen Konferenzen folgten. Insbesondere auf der Tagung »Intelligence and Identity – A Scientific Bakethrough« in Jakarta 2015 wurden die Ergebnisse der Magdeburger Forschungsgruppe begeistert aufgenommen.

Versuchsreihen mit Schwarzbrot, die anschließend begonnen wurden und derzeit noch laufen, sind, so schwärmt Strudthoff, »ebenfalls richtig vielversprechend. Der Eindruck erhärtet sich von Tag zu Tag, dass hier noch einiges Potenzial brachliegt.« Das Team sei jetzt schon so weit, frisches Schwarzbrot klassischer Machart mit einfachen und teils auch komplexeren Rechenaufgaben zu konfrontieren, was erstaunliche

Ergebnisse zeitige. »Einem der Brote konnten wir schließlich beibringen, Gleichungen mit mehreren Unbekannten zu lösen. Wenn einem so etwas gelingt, dann ist das ein Moment im wissenschaftlichen Leben, den man nie vergisst«, sagt Strudthoff gedankenverloren.

Natürlich habe er aufgrund der Forschungsergebnisse auch begonnen, seinen eigenen Brotkonsum zu überdenken. »Wie gerne – und sorglos – habe ich früher in eine frisch gebutterte Käsestulle gebissen«, schmunzelt der Professor, »aber seit ich weiß, was für sensible und intelligente Wesen beim Bäcker in der Auslage liegen, sind diese Zeiten ein für alle Mal vorbei.«

Statt Brot kommt bei Familie Strudthoff nun Müsli oder Getreidebrei auf den Tisch, eine probate Alternative, wie der Professor findet. Allerdings wisse er aus zuverlässiger Quelle, dass seine Töchter, beide im Teenageralter, sich hin und wieder hinter seinem Rücken Croissants kauften. Das könne er ihnen nicht verdenken, zumal er in einem Schnelltest den IQ des Gebäcks ermittelt habe und zu dem Ergebnis gekommen sei, dass »hier nicht allzu viel zu holen ist«.

Für die nahe Zukunft planen Strudthoff und sein Team Versuchsreihen an verschiedenen Sorten Knäckebrot, denn durch dessen lange Haltbarkeit sieht der Forscher weitere Möglichkeiten, die kognitiven Fähigkeiten über einen längeren Zeitraum am Leben zu erhalten. Erste Versuche, »in kleinem Rahmen«, liefen bereits, und tatsächlich meint Strudthoff, schon jetzt absehen zu können, dass die Knäcke-Ergebnisse die des Schwarzbrots noch übertreffen werden. Begeistert blickt er in die Zukunft: »Wer weiß, vielleicht wird sich schon in einigen Jahren das erste Knäckebrot für ein Informatikstudium einschreiben? Zumindest für den Bachelor könnte es reichen.«

Tausend Jahre Björn Höcke

Von Hartmut El Kurdi

Bei den beiden neuen Kandidaten von »Germany's Next Top-Goebbels« zeigt sich mal wieder: Bildung schützt vor Blödheit nicht.

Es gibt Leute, die behaupten, Menschen würden rechtsradikal, weil sie arm, unterprivilegiert und ungebildet seien. Oder weil man ihnen die DDR weggenommen hat. Auf manche NPDler, Pegidisten und AfD-Wähler mag das vielleicht sogar zutreffen. Wobei die Gleichzeitigkeit von Armut, Bildungsferne, Ost-Töpfchen-Sozialisation und rechter Gesinnung nicht zwingend auch eine Kausalität bedeutet.

Schließlich gibt es viele Menschen, denen das Leben oder ein System ebenfalls übel mitgespielt hat und die trotzdem keine Arschlöcher sind. Außerdem sagt fehlende oder vorhandene Bildung nichts über fehlende oder vorhandene Intelligenz aus.

Die beiden neuen Kandidaten von »Germany's Next Top-Goebbels« illustrieren das alles sehr hübsch. Zwar hat Akif Pirinçci tatsächlich nur einen Hauptschulabschluss, besuchte dann aber die Filmakademie in Wien und wurde schließlich durch seine Katzenkrimis steinreich.

Im Gegensatz zum Klischee des Rechten, der zu doof ist, sich die Schuhe zuzubinden, und einen sozialen Abstieg hinter sich hat, ist Pirinçci ein klassischer Aufsteiger. Als Gastarbeiterkind nach Deutschland gekommen, perfekt Deutsch gelernt,

Schriftsteller geworden, alle Chancen genutzt, Geld und Ruhm angehäuft – und dann egoman überassimiliert: Migranten sind scheiße, nur er nicht. Frei nach Jean-Marc Reiser: »Alles Fotzen außer Akif.«

Auch bei Björn »Die Fahne raus« Höcke findet man Mittelschichtsnormalität statt sozialer und materieller Ausgrenzung. Der im Westen aufgewachsene Neuthüringer hat einen erfolgreichen Bildungsbürgerlebenslauf: Gymnasium, Studium, Verbeamtung als Oberstudienrat. Und trotzdem faselt er vom tausendjährigen Deutschland, behauptet, deutsche Frauen müssten Angst vor Flüchtlingen haben, propagiert »Elitenförderung«, hält Homosexuelle für triebgesteuerter als Heteros und Gendermainstreaming für ein »Sonntagskind der Dekadenz«.

Einen kurzen Moment möchte man sich vor dem Schöpfer einer solch grandios schiefen und sinnlosen Metapher in Ehrfurcht verneigen, dann aber denkt man: Wenn so einer sich zur Bildungselite zählt, dann sollte man sein Kind statt aufs Gymnasium lieber auf die Baumschule schicken.

Als Geschichtslehrer müsste Höcke eigentlich wissen, dass Deutschland auch eine Geschichte von Ein- und Auswanderung, Multiethnizität und Multireligiosität, kurzum: der Vielfältigkeit hat. Das homogene tausendjährige Land, das er verteidigen will, gab es nur als Ideologie im Tausendjährigen Reich. Und das wurde durch freundliche Mithilfe des Auslands auf zwölf Jahre verkürzt.

Das Benutzen von Nazi-Vokabular und das Imitieren des Nazi-Tons sind aber wohlkalkuliert. Insofern ist es nur schlüssig, wenn Höcke nun mit dem hinkenden Reichspropagandaminister verglichen wird. Dieser war als Dr. phil. ebenfalls Kulturmensch und schrieb sogar Theaterstücke. Hoffentlich erspart uns Höcke wenigstens das. Zuzutrauen ist ihm alles.

Der König von Burladingen

Das Familienunternehmen Trigema feierte sein 100-jähriges Bestehen. Was ist das Geheimnis des schwäbischen Unterhosengiganten?

Von Fabian Lichter

Die Sonne steht hoch über Burladingen, die Arbeit ruht. Hier in Baden-Württemberg, am Rande der bekannten Welt, wo sich Fuchs und Affe Gute Nacht sagen, hat Wolfgang Grupp, Firmenoberhaupt, heute sämtliche Mitarbeiter und Freunde des Hauses Trigema zur Jubiläumsfeier auf den Betriebsparkplatz geladen – ein Partyprogramm der Extraklasse ist angekündigt. Noch ist niemand erschienen. Denken wir zumindest, bis wir bemerken, dass die Belegschaft – komplett im Trigema-Outfit gekleidet – längst auf dem Gelände steht, sich optisch aber kaum vom Mausgrau des Parkplatzbetons abhebt.

Grupp, mittlerweile 77 Jahre alt, leitet den Konzern noch immer selbst. In einem geschmackvollen Anzug (Hugo Boss) begrüßt er uns am Tor und führt uns ins Innere der Unternehmenszentrale. Im Flur präsentiert er seine Bildergalerie, Fotos aus den vergangenen Jahrzehnten: Grupp beim Handschlag mit Helmut Kohl; Udo Jürgens posiert im von Grupp produzierten Slip vor dem Werkstor; und gleich daneben: ein signiertes Porträt von Markus Lanz, der angeblich sogar unter der Dusche Trigema trägt.

Modische Farben, gewagte Schnitte, die neuesten Trends – all das sucht man bei Trigema vergebens. Mit ihrem ästhetischen Konzept hat die Firma eine Marktlücke gefunden und hält sie seither besetzt: Mode zum Übersehen. Selbst das Militär sei einst auf Grupps Kollektionen neugierig geworden, da der Wegseh-Effekt alles bisher an Tarntechnik Mögliche übersteige. Neben einem Trigema-Outfit wirkt man selbst im Kartoffelsack wie ein exzentrischer Varieté-Vogel.

»Wie bleibt man so lange erfolgreich im Geschäft?«, fragen wir. »Wissen Sie, eine Firma ist wie eine Familie«, sagt Grupp. »Man sieht sich täglich, muss trotzdem miteinander auskommen, und es darf keine Fummeleien untereinander geben. Deswegen wird gearbeitet, gearbeitet und nochmals gearbeitet.« Man lacht.

Ob er denn nie Lust auf etwas Verrücktes gehabt habe, wollen wir wissen. »Nein, nein«, sagt Grupp und winkt ab. Bodenständigkeit sei das A und O für einen Unternehmer. »Wir machen einfach nur ganz normale Klamotten.« Disziplin, Fleiß und Normalität als Konzept – Mode für die schweigende Mehrheit. Und das kommt an: Zu Grupps zufriedenen Kunden zählen Scheidungsanwälte, Feldjäger, Männervereine, Waffenschieber, Privatdetektive, der Bund der Steuerzahler und die Junge Union aus dem benachbarten Trochtelfingen.

Auch Grupps Büroeinrichtung ist traditionell gehalten: Möbel aus Eichenholz, ein Gummibaum im Eck und ausgestopfte Tiere an der Wand. Vom Auerhahn bis hin zu einem Gewerkschafterkopf – »Alles selbst geschossen!«, ergänzt er.

Großen Erfolg feierte Trigema mit den von einem Schimpansen moderierten Werbeclips vor der *Tagesschau*. Das sei eben mal etwas ganz Neues gewesen, auch weil der Trigema-Affe, der mit bürgerlichem Namen Lars Ludger Vonnebrink hieß, und Grupp am Set beste Freunde geworden seien. Als der pelzige TV-Star eingeschläfert werden musste, war Grupp zum ersten und einzigen Mal in seinem Leben traurig, gesteht er. Doch er bereue nichts. »Ich habe viel von ihm gelernt!«, sagt er, schält sich eine Banane und schwingt sich artistisch auf einen Ohrensessel.

Mit einer Träne im Knopfloch erzählt Grupp von seinem größten Coup: Seit Jahrzehnten beschwerten sich Tierschützer über den Schimpansen im Werbespot. Eines Tages ließ er ihn heimlich durch eine animierte 3D-Version ersetzen. »Und diese Affenschützer haben es nicht gemerkt und beschwerten sich weiter und weiter – bis ich die Sache hab auffliegen lassen. Das war gar kein echter Affe! Waren die blamiert!«, lacht sich Grupp ins Fäustchen.

Durch die Fensterfront blicken wir auf den Parkplatz. Draußen hebt sich die Stimmung. Grupp hat sich beim Programm nicht lumpen lassen. Auf der Bühne gibt Freund Winfried Kretschmann gerade den Warm-Upper und liest Witze aus dem Parteiprogramm vor – gleich mehrere Menschen applaudieren. Ein Murmeln geht durch die Menge. In wenigen Sekunden soll der mysteriöse Headliner die Bühne betreten.

Trommeln kündigen den Überraschungs-Act an. Aus den Boxen tönt »Jungle Drum« – von Emilíana Torrini. Uh – uh – uh – kommt es aus den Mündern des Mitarbeiterstabs. Uh – uh – uh! Die Menge tobt, hüpft und dreht sich im Kreis. Plötzlich regt sich etwas im sonst so beherrschten Grupp: »Sie entschuldigen mich«, sagt er und eilt nach draußen.

Wenige Augenblicke später sehen wir ihn auf der Bühne wieder. Uh – uh – uh! Gekonnt wirbelt der Selfmademonkey unter Affengejaule umher, rollt von links nach rechts, klettert die Tribüne rauf und runter und reißt sich zum Höhepunkt der Show das blütenweiße Smokinghemd vom Leib. Mit bloßen Fäusten trommelt er auf seiner Brust. Erst unter den funkelnden Feuerwerksalven zum Schlusstakt kommt er wieder zum Stillstand. Wahnsinn!

Hinter der Bühne treffen wir ihn wieder. Mit einem 500-Euro-Schein wischt er sich den Schweiß von der Stirn, ehe er ihn zerknüllt und in die Papiertonne wirft. »Danke für Ihren Besuch«, sagt er. »Sie sehen, wir sind eben ein ganz normaler Familienbetrieb. Holen Sie sich doch bei meinen Kindern drüben noch ein Wurstbrot für den Nachhauseweg ab.« Dann verabschieden wir uns auch schon wieder.

Erschöpft wirkt er, der große Patriarch. Wieder einmal hat er alles gegeben für den Betrieb, sein Lebenswerk. Da nähert sich seine Frau Elisabeth, legt ihrem Mann ein Trigema-Jackett um den nackten Oberkörper, und im selben Augenblick haben wir ihn auch schon aus den Augen verloren.

Weg mit dem Kretin!

Niemand unter den Völkern der Welt braucht dieses Land. Ein notwendiges Manifest zur endgültigen Abschaffung Deutschlands.

Von Philip Meinhold

Die Empörung war groß unter all jenen, die sich auch nur einen Funken Herzenswärme bewahren konnten, als Ende vergangener Woche die Bilder aus dem sächsischen Clausnitz die Runde machten. Doch damit nicht genug, stellte sich der Leiter des Flüchtlingsheims Thomas Hetze (sic!) fürderhin als Mitglied der rechtsextremen AfD heraus, was ungefähr so ist, als würde man einen notorischen Kinderschänder zum Leiter der örtlichen Kindertagesstätte erklären.

Der Bürgermeister des Ortes beeilte sich zwar, seine Scham über die Blockade des Busses zu bekunden, nicht ohne jedoch sogleich die abgedroschenste aller Ausreden zu bemühen, der Hass rülpsende Pöbel komme ja gar nicht aus seinem Ort. Als ob je ein Ortsfremder freiwillig nach Clausnitz gekommen wäre!

Aber sei's drum, vielleicht stammten ein paar der menschlich verwahrlosten »Wir sind das Volk«-Krakeeler tatsächlich aus einem der drei nächstgelegenen Käffer, denn was die geistige und emotionale Verarmung angeht, scheinen Sachsens inzestuöse Dörfer tatsächlich mittlerweile austauschbar.

Dies alles ist selbstverständlich ebenso empörend wie wenig erstaunlich, zeigt es doch in quasi mikroskopischer Versuchsanordnung die ethische und moralische Verkommenheit dieses Landes samt seiner Behörden und Bewohner. Eines

Landes, das seit jeher von Spießern und Spitzeln bevölkert wird, dessen Insassen von Neid und Niedertracht getriebene Charaktere sind, die ihre eigenen Minderwertigkeitskomplexe durch ein nationales Größenselbst zu kompensieren suchen. Ein Land, das auf der Karte so aussieht, als hätte jemand in die Mitte Europas gekotzt, eine stinkende und stückige Lache Erbrochenes.

Es ist im Grunde einerlei, welchen Teilbereich des Lebens in diesem Land man betrachtet, um die Widerwärtigkeit dieser Staat gewordenen Kloake zu erkennen: Humor wird mittels Schunkeln simuliert, Rhythmusgefühl durch Marschieren; die Fernsehshows sind so grenzdebil, dass man sie nur mit dem Intelligenzquotienten eines Tellers Erbsensuppe erträgt, weshalb die Deutschen viel und ausgiebig fernsehen.

Existieren Verkehrsregeln in anderen Ländern eher als vage Richtlinien, die niemand benötigt, weil man mit ein bisschen gesundem Menschenverstand und Instinkt auch, ohne sich gegenseitig über den Haufen zu fahren, durch die Gegend kommt, so ist der deutsche Kraftfahrzeughalter grundsätzlich entweder viel zu langsam oder viel zu schnell unterwegs, nötigt andere mittels Lichthupe oder geballter Faust von der Fahrbahn.

Fußgänger bleiben derweil selbst nachts um drei Uhr auf menschenleeren Straßen angsthasig und obrigkeitstreu an roten Ampeln stehen, um schließlich, wenn sie bei Grün den Übertritt wagen, von einem alkoholgesichtigen Autofahrer über den Haufen gemäht zu werden, der anschließend Fahrerflucht begeht.

Um überhaupt etwas Tugendhaftes zu haben, auf das er stolz sein kann, hat der Deutsche die Gefängnisaufseher- und Generalmajor-Eigenschaften Fleiß und Treue, Disziplin und Sauberkeit, Pünktlichkeit, Kadavergehorsam und Ordnungsliebe kurzerhand zu Sekundärtugenden erhoben – Eigenschaften, mit denen man auch hervorragend ein Konzentrationslager betreiben kann, was bekanntlich die einzig je bekannt gewordene Tätigkeit ist, bei der der Deutsche mit so etwas wie aufrichtiger Freude und Leidenschaft bei der Sache war.

Aber was ist mit all den wunderschönen Bergen und Seen, den Feldern und Wäldern, den Flüssen und Auen?, mag manch einer zaghaft einzuwenden versuchen, für die man dieses Land einfach lieben muss: Was ist mit Ostsee und Alpen, Schwarzwald und Harz, mit Lüneburger Heide und Sächsischer Schweiz? Wohl wahr, will man angesichts derart unverstellt blonder Blödheit und Blauäugigkeit da entgegnen: Aber wäre all dies nicht genauso schön, wenn es dänisch, polnisch oder französisch wäre? Wäre es ohne das immerwährende miesepetrige Geplampe der Deutschen und ihre Vorschriftenhuberei nicht viel schöner?

Und was ist mit den Errungenschaften der deutschen Kultur – mit Schiller und Goethe? Beethoven und Bach? Mit Ballhaus, Bauhaus und Beckenbauer, ohne die jede Welt zweifellos ärmer wäre? Was mit den Errungenschaften des Grundgesetzes dieser Bundesrepublik Deutschland, an die sich der selbst ernannte Verfassungspatriot gern klammert, in der puren Verzweiflung, dass es doch irgendetwas geben muss, desterwegen man dieses Land in Schutz nehmen kann?

Nun – was ist der »Zauberlehrling« angesichts von Sachsenhausen; was die »Ode an die Freude« angesichts von Auschwitz; was die Schönheit der Sächsischen Schweiz angesichts der Folterkeller von Bautzen; und was der verstümmelte Rumpf des Rechts auf Asyl angesichts des nicht ausrottbaren Rechtsextremismus und Antisemitismus in diesem Land?

Was sind all die Gedichte, Opern und Dramolette angesichts zweier vom Zaun gebrochener Weltkriege mit 72 Millionen Toten sowie der Erfindung des industriellen Massenmords mit sechs Millionen erschlagenen, erschossenen, vergasten und letztlich durch den Schornstein gejagten Juden? Der Verweis auf die kulturellen Errungenschaften dieses Landes ist, als würde man einem pathologischen Vergewaltiger und Massenmörder zugutehalten, dass er ein feinsinniger Klavierspieler sei.

Man fragt sich unweigerlich, warum die Alliierten ihr im Februar 1945 in Dresden so vielversprechend begonnenes Projekt der Entnazifizierung nicht einfach auf ganz Deutschland ausgeweitet haben? Nicht nur, dass es die einzig angemessene Reaktion auf das Geschehene gewesen wäre; in den folgenden siebzig Jahren hätte im Herzen eines nunmehr deutschlandfreien Europas ein einzigartiger, unberührter grüner Landstrich entstehen können, der vielfältigster Flora und Fauna ein Zuhause geboten hätte und den Völkern der Welt den dringend benötigten CO^2-Ausgleich für die globale klimatische Erwärmung. Anstatt dass schmerbäuchige und bleichgesichtige Deutsche weiterhin kostbare Atemluft in fleisch- und biergetränkte Fürze verwandeln.

Wie arg und arm es um diesen Land gewordenen Flecken Missgunst und Misanthropie bestellt ist, zeigt nicht zuletzt der Blick auf die rare Schar derer, die ihm in inniger Ablehnung verbunden sind – gehen sie in ihrer Abneigung doch mit der gleichen Bockbeinigkeit und Humorlosigkeit zu Werke, wie es diesem freudlosen Volk nun mal zutiefst eingeboren ist. Bereits die in ihrer Selbstbezeichnung »Anti-Deutsche« anklingende Fixiertheit auf die eigene Herkunft zeigt, dass dabei nie etwas tatsächlich Lustvolles, Produktives oder wenigstens Gelassenes herauskommen kann.*

Und so bleibt nur die Hoffnung, dass der von Biedermeiern und Brandstiftern angesichts der weltweiten Flüchtlingszahlen herbeifantasierte Volkstod tatsächlich eintritt und hier-

* Quod erat demonstrandum.

zulande in zwei, drei Generationen etwas Anderes, Schönes, Gutes entstehen möge. Allein: Anzunehmen ist dies leider nicht, denn was die Überlebensfähigkeit angeht, hat der Deutsche die Widerstandskraft von Unkraut.

Versuch über die Mondfinsternis

Von Jürgen Miedl

Blutschattig grau in Wolken hockt
der Mond getrübt im letzten Eck
als nebelfinstrer Schattenfleck.
Sein dämmrig glänzend Dunkeln lockt

die Menschen zum Trabanten hin,
der sich, gehüllt ins Zwielichtkleid,
ganz samten kränzt mit Dunkelheit.
Voll Andacht hebt sich manches Kinn

zum darbend Blick gen Satellit,
den man in prunkend schwerer Pracht
in purpurgoldner Himmelsnacht
erhaben blässlich thronen sieht.

Doch reimt man drüber, klingt's en gros
nach Nippes, Kitsch und Rokoko
mit »dämmrig samtem purpurgo-
ldnem Wolkenandacht«-Pipapo.
Echt schade, doch das muss wohl so.

Fußballstadien voller Sexsklavinnen

Von Jacinta Nandi

Seit Trump gewählt wurde, masturbiere ich nicht mehr. Meine sexuellen Fantasien sind einfach überlagert von der verdammten Realität.

»Ich habe seit letztem Mittwoch nicht schlafen können«, sagt meine amerikanische Freundin Marnie. »Ich habe nichts essen können«, sagt meine andere amerikanische Freundin Taylor. »Ich bin nur noch am Kotzen«, sagt wiederum Chris, ein britischer Kumpel mit afrikanischen Wurzeln. »Ich glaube«, sagt Joe, der auch Amerikaner ist, »dass Barack Obama ein Faschist ist. Aber ich weiß, dass Trump eindeutig gefährlicher für uns alle ist.«

»Ja«, sage ich. Ich will nicht über Obama streiten. Heimlich finde ich ihn toll. Der ganze Hass auf ihn kommt nur daher, weil er geil, süß, lustig, hübsch und intelligent ist und die weißen Männer neidisch sind. Wenn Schwarze trotz Rassismus Präsident werden können, sind sie nicht genetisch unterlegen, sondern überlegen, fürchten die weißen Männer. Deswegen müssen sie das Weiße Haus jetzt mit *white supremacists* füllen. Ich weiß, dass Obama nicht perfekt ist, aber über Politik streite ich mich nicht mehr mit Freunden in Bars. Ich streite mich nur noch mit Fremden bei Facebook.

»Vielleicht wird es nicht so schlimm!«, sagt meine deutsche Freundin Chrissy. »Wahrscheinlich macht Trump nicht mal die

Hälfte von dem, was er angekündigt hat! Ich glaube auch, dass er in zwei Jahren stirbt. Er wird einen Herzinfarkt kriegen.«

Wir erklären Chrissy, dass es schlimm genug ist, wenn er nur die Hälfte von dem umsetzt, was er angekündigt hat. Außerdem ist Pence dran, wenn Trump stirbt. Und der ist christlicher Fundamentalist. »Ich ziehe nach Kanada«, sagt Marnie. »Wenn die AfD an die Macht kommt«, sage ich, »dann ziehe ich nach Island. Da gibt es viel Platz, wenig Nazis und schöne Vulkane. Und nur 300.000 Einwohner, es muss wirklich leicht sein, da berühmt zu werden.

»Wenn die AfD an die Macht kommt«, sagt Chris leise, »begehe ich Selbstmord. Ich habe schon Pillen besorgt.« Ich bin zu jung, um mich an den Kalten Krieg zu erinnern, für mich ist 2016 das erste Jahr, in dem die Politik meine Freunde in den Selbstmord treibt. Und ich? Ich habe seit Trumps Sieg nicht mehr masturbieren können.

Das Problem ist, und ich schäme mich ein bisschen, das zuzugeben, ich bin ziemlich devot, und meine sexuellen Fantasien handeln oft davon, dass Frauen erniedrigt oder unterdrückt werden. Beim Masturbieren stelle ich mir oft Dystopien auf anderen Planeten oder auf der Erde vor, aber in der Zukunft nach einer Alien-Invasion. Frauen als Sexsklaven, Fußballstadien voll nackter Frauen – und dann kommen Alien-Invaders und sortieren sie aus.

Aber seit Trump habe ich keine Fantasien mehr. Er hat alle Fantasien zur Realität gemacht. Es gibt nichts Erniedrigendes, das ich mir noch vorstellen könnte, das er nicht zu tun bereit wäre. Wahrscheinlich wird er Prostitution legalisieren, alle amerikanischen Puffs verstaatlichen und dann mit Frauen füllen, die auf ihre Abschiebung warten. Also sagt mir bitte nicht, dass es nicht so schlimm wird. Ich habe seit über einer Woche nicht masturbiert, und es ist schon jetzt richtig, richtig schlimm.

Dresdner Zombies

Von Peter P. Neuhaus

Du gehst ganz einfach nicht kaputt.
Wir legten mehrmals dich in Schutt.
Wir haben alles längst versucht,
selbst Helmut Kohl hat dich besucht!

Du feierst Auferstehungsfest
nach jedem Krieg. Dir macht nicht Pest,
nicht mal die Treuhand den Garaus.
An dir beißt man sich Zähne aus.

Du Schattenreich! Schockschwerenot!
Man kriegt dich schlechterdings nicht tot.
Kaum rummst man dir die Kirche nieder –
zack! – steht das Frauendingsbums wieder.

Zwar fluten wir dich jedes Jahr,
ertränken dich – doch sonderbar:
Du schüttelst dich und lächelst nur,
bleibst unerlöste Kreatur.

Du bist das deutsche Zombie-Zeichen
und faszinierst so deinesgleichen.
Glückstrunken torkeln die in Massen
armschlenkernd bleich durch deine Gassen.

Denn dies ist Traum jedes Verwesten:
Am Montag Walking Dead in Dresden.

Musik, zwo, drei!

Wenn zwischen dem Hervorbringer der Töne und dem Hörer Einvernehmen besteht, ist es in Ordnung, anderenfalls Nötigung.

Von Robert Niemann

Die Ruhrgebietsstadt Duisburg macht Schlagzeilen, weil sich im Stadtteil Rheinhausen in größerer Zahl Sinti und Roma niedergelassen haben. Viele Anwohner, so ist zu lesen, beklagen sich: Kriminalität, Müll, Prostitution, und vor allem: Lärm. Die Klagen sind verständlich. Niemand möchte solche Dinge in der Nachbarschaft haben.

Ich kann dazu nicht viel sagen. Die einzigen Sinti und Roma, die ich kenne, sind Musiker. Über Kriminalität, Müll und Prostitution weiß ich nichts. Wenn sie allerdings mit sechzig Mann auf der Bühne stehen, dann wird es richtig laut: Geige, Akkordeon, Blasgerät, Trommel und so weiter. So etwas kann ich mir ganz gut anhören, jedenfalls im Konzertsaal, und solange ich nicht aufgefordert werde, doch mal diese typisch deutsche Steifheit zu vergessen und ausgelassen mitzujuchzen und zu tanzen, wird mir kein finsterer Gedanke kommen. Doch wehe, wenn ich gezwungen werden soll, unsteif zu sein!

Das geht mir auch bei »Green-Day«-Auftritten auf die Nerven, dass ich da immerzu aufspringen und die Arme schwenken und »Heho, heho« brüllen soll. Zum Merken: Ich drücke Lebensfreude nicht durch Herumhüpfen aus. Sondern eventuell durch das Wippen mit der Fußspitze, und wenn ich zu »Green Day« gehe, dann will ich ein Konzert erleben und keinen Kindergeburtstag. Das gilt auch für Sinti-Orchester und Roma-Chöre!

So manierlich ein Konzert mit Gipsy-Musik sein kann: In der Nachbarschaft möchte ich ein solches Orchester nicht haben. Die Vorstellung, dass die Musiker zu mir unpassender Zeit üben oder sich gar im Hof zur Probe versammeln, missfällt mir. Unwillkommene Musik ist Lärm, egal wie gekonnt sie daherkommt. Wenn zwischen dem Hervorbringer der Töne und dem Hörer Einvernehmen besteht, ist es in Ordnung, anderenfalls Nötigung.

Ich wohnte mal in einem Haus, in dem auch ein Gewandhausmusiker lebte, der, wie es sich bei der Zugehörigkeit zu einem Spitzenorchester ziemt, eine Stradivari besaß. Der Vormieter erwähnte den Künstler nicht; ich erfuhr es erst, als der Mietvertrag schon unterschrieben war. Mit gespitzten Ohren wartete ich auf Störgeräusche, denn der Fiedler würde ja wohl irgendwann üben müssen. Wobei Fiedler jetzt vielleicht nicht das richtige Wort ist. Doch da war nichts.

Vielleicht, so dachte ich schließlich, wird man beim Gewandhausorchester nur genommen, wenn man schon alles kann und daher nicht mehr üben muss. Eine nachvollziehbare und lobenswerte Praxis, wobei man aber sicherlich lieber jemandem beim Üben zuhört, der eigentlich nicht üben müsste, als jemandem, der es bitter nötig hat.

Es dauerte nicht lange, und ich begegnete dem Musiker im Treppenhaus. Ein uraltes dürres Männlein, das von seiner Frau gestützt werden musste. Die Stradivari hatte er gewiss noch beim Meister persönlich in Auftrag gegeben. Kein Wunder, dass von ihm kein Geigenspiel mehr zu hören war. Denn ab einem bestimmten Alter muss man abwägen, ob man mit seinen verbliebenen Kräften musiziert oder sich lieber wenigstens einmal am Tag selbst die Nase putzt.

Bald erfuhr ich, dass ich wohl auch von einem aktiven Gewandhausgeiger nichts hätte befürchten müssen. Denn Kulturorchestermusiker gehen dank einer starken Interessenvertretung in beamtenähnlicher Weise ihrer Arbeit nach. Man gibt kein Konzert, sondern hat Orchesterdienst. Die Proben- und Auftrittszeiten unterliegen einem strengen Reglement. Ist die Dienstzeit um, wird auf die Sekunde genau Schluss gemacht mit Blasen und Streichen, dann geht's ab in die Kantine. Da kann der weltberühmte Herr Dirigent mal sehen, wie es klingt, wenn er sein Stöckchen schwingt und kein Tuttischwein mehr da ist, das die dazu passenden Töne emittiert.

In einer Tarifauseinandersetzung forderten die Bläser oder Streicher vor einigen Jahren mal mehr Geld als die Schlagwerker und Kontrabassisten, weil sie ja mehr Noten spielen müssten. Darauf meinte dann ein Schlagwerker, wenn das so sei, dann werde er in Zukunft alle seine Noten gleich am Anfang des Konzerts spielen, und wenn er damit fertig sei, unverzüglich nach Hause gehen. Man kann dazu stehen, wie man will. Aber als Nachbarn sind Musiker mit solcher Arbeitsauffassung nicht zu übertreffen.

Clown im Kessel

Stuttgart wählt sich einen Oberbürgermeister. Eine Provinzposse mit passenden Protagonisten und Stichwahl Ende November.

Von Cornelius Oettle

Ja, der Autor schreibt die Begriffe »Stuttgart« und »Oberbürgermeisterwahl« schon in den ersten Satz und erwartet trotzdem, dass man weiterliest. Was für ein Naivling. Uninteressanter geht's ja wohl nicht. Aber immerhin: Was sich hier im Süden abspielt, ist repräsentativ für die Misere der ganzen Nation, wenn nicht der ganzen Welt. Und, das dürfte Sie als Deutsche besonders interessieren: Es wurde sogar ein Auto beschädigt!

Im ersten Wahlgang erreichten die Kandidatinnen und Kandidaten aus dem linksgrünen Spektrum zusammen 56 Prozent, der CDU-Kandidat lediglich 31,8. In der Folge zog die Kandidatin der Grünen ihre Kandidatur zurück, es blieben für die Stichwahl am 29. November zwei Herren: Ein seit 16 Jahren tätiger Stadtrat eines parteifreien linksökologischen Bündnisses. Und ein 30-jähriger SPD-Dorfbürgermeister vom Bodensee, der aus seinem 4.600 Einwohner umfassenden Flecken angereist war, um hier den nächsten Karriereschritt zu gehen. Eigentlich klar, wer da zu verzichten hat. Eigentlich.

Doch es geht hier ja um die SPD, diese leere Parteihülle, die den Dorfbürgermeister vom Bodensee im ersten Wahlgang zugunsten ihres hiesigen Kandidaten nicht einmal selbst unterstützt und gar ein Parteiausschlussverfahren eingeleitet hatte, weshalb er ganz offiziell als parteilos ins Rennen gestartet war. Da der eigentliche SPD-Mann aber noch schlechter performte, kippte die Umkipppartei selbstverständlich um.

So starten nun also beide und nehmen einander die Stimmen weg: die ernsthafte sozialökologische Alternative zu einem CDU-Mann, der bisher der Bürgermeister von Backnang ist, und der Spaßkandidat vom Bodensee, der damit den Konservativen ins Amt hievt. Keine Frage: Nach sozialdemokratischen Standards hat diese Type absolut das Zeug für die Bundesebene.

Doch damit ist die Sache noch nicht durch: Ein paar Tage nach dem ersten Wahlgang wurde das Auto des Dorfbürgermeisters beschmiert, ein Außenspiegel demoliert und zudem der Scheibenwischer hochgeklappt, was in Stuttgart so ziemlich das Schlimmste ist, was man einem Menschen antun kann. Der Dorfbürgermeister gab daraufhin »wildesten Verschwörungstheorien« die Schuld an diesen Ausschreitungen. Und meinte damit Folgendes:

Zu seinem Wahlkampfbudget hatte der 30-Jährige etwa zwischen 70.000 und 120.000 Euro aus eigener Tasche beigetragen und erklärt, er arbeite ja jetzt seit ein paar Jahren, weshalb er doch einiges hätte zur Seite legen können. Alle 30-Jährigen kennen das, sie wissen gar nicht wohin mit all der vielen Asche.

In der Folge wurde aufs Tapet gebracht, dass das Wahlkampfteam des Dorfbürgermeisters unter anderem aus einem ehemaligen Vorstandsmitglied und der nach wie vor amtierenden Co-Präsidentin der Schweizer Organisation Operation Libero besteht – einer wirtschaftsliberalen Bewegung, gegründet von ehemaligen BWL- und Jurastudenten, die Politikern Wahlkampagnen finanziert, sofern diese sich vorab schriftlich zu den vorformulierten Positionen der Operation Libero bekennen. Zum Beispiel zur Erhöhung des Rentenalters.

Doch ob nun finanziert von konzernfreundlichen Schweizer Franken oder schwäbischem Sparstrumpf: Unterm Strich beraubt ein Karriereclown die Stadt Stuttgart einer echten Wahl zwischen progressiv und konservativ. Vielleicht hat man es am idyllischen Bodensee nicht mitbekommen, aber Stuttgart ist neuerdings die deutsche Stadt mit den höchsten Mieten, hat nach wie vor ein Feinstaubproblem, weshalb man hier die Masken nicht nur wegen Corona trägt, und ist – auch wenn es mancher Schwabe manchmal abstreitet – nach wie vor ein Teil des Erdballs, der sich mitten in einer Klimakatastrophe befindet. Als eine der ganz wenigen Großstädte bekommt Stuttgart nun als Lösung solcher maßgeblich durch CDU-Politik entstandenen Probleme was? Einen CDU-Bürgermeister.

Es ist peinlich, und man würde als Spötter gern schreiben, dass diese Stadt es nicht anders verdient hat, dass Stuttgart noch immer das Provinzloch ist, über das alle lachen und das jetzt einen Provinzbürgermeister bekommt, weil ein noch größerer Provinzler sich für den schwäbischen Sebastian-Emmanuel Kurz-Macron hält. Allein: Stuttgart hat zu mindestens 56 Prozent etwas dagegen. Eigentlich. Nur der SPD ist leider wie immer alles egal.

Man braucht diese Partei nicht mehr, weder im Kleinen noch im Großen. Sie macht alles nur noch schlimmer. Sie besteht intern ohnehin nur noch aus Verrat und Meuterei, und so verrät sie natürlich auch ihre Ideale nach außen, falls da je welche waren. Dem 30-jährigen Sparfuchs wünsche man trotzdem nun wieder eine friedliche Zeit am Bodensee und viel Erfolg bei der nächsten Kandidatur – zum Beispiel in Backnang! Die CDU hilft da jetzt sicher gern.

Frühlingsfeucht

Von Holger Paetz

Schau im Spiegel nicht so finster.
Trösten wird der Jahreslauf.
Sei's die Akne, sei's der Ginster,
irgendwas blüht immer auf.

Lass dein düsteres Gequengel.
Musst dich nicht ins Grab verzieh'n.
Glaub mir: Ampel oder Stengel,
irgendwas wird immer grün.

Frühling lässt sich nicht verscheuchen.
Die Natur mit Saus und Braus.
Knospen, Triebe oder Seuchen,
irgendwas bricht immer aus.

Schlanker werden, Pläne haben.
Geist wär' willig, Fleisch ist schwach.
Wenn nicht Bauch, dann Fernsehabend,
irgendwas wird sicher flach.

Wenn das Firmament seit Tagen
nur noch Feuchtes runterlässt,
raus mit dir, hör auf zu klagen!
Durch den Schlamm zum Frühlingsfest.

Mögen Wolken, fahl wie Schimmel,
Zelte hüllen grau in grau,
sei's der Trinker, sei's der Himmel,
irgendwer wird sicher blau.

Ein paar Fragen an Sigmar Gabriel

Von Klaus Pawlowski*

Ach Sigmar, mein geschäftiger Genosse.
Jetzt trittst du auch noch in die Schweinescheiße rein.
Ich weiß, klammheimlich warst du oft ein Freund der Bosse.
Doch musste es ein Bauchfleischimperator sein?

Hast du nicht selbst voller Mühe dich entspecken lassen?
Und nun? Was hast du als Berater da erzählt?
Dass noch mehr arme Schweine in so eine Halle passen?
Und wie viel Wurstfleisch man in wie viel Därme quält?

Und jetzt, mein Lieber, wirst du selbst geschlachtet.
Ist das nicht ein makaberes Szenario?
Warum hast du die Abstandsregeln nicht beachtet?
Du zählst zur Gruppe mit dem größten Risiko.

Sie ist gefährlich, die Moneta-Infektion.
Das kennst du schon.

---

* Sigmar Gabriels Lehrer, bei dem er sein Staatsexamen abgelegt hat.

Herbstmuskelschwäche

Von Bernd Penners

Der Herbst trägt bunte Blätter
zum Wetter.

Er putzt sich raus in Wäldern,
auf Feldern.

Er kann oft golden schimmern
und flimmern.

Der Herbst lädt ein zum Wandern:
die andern!

TOUCHÉ by ©TOM
H...H...H...
IN DIE ARMBEUGE NIESEN!
IN DIE ARMBEUGE NIESEN!
HAPP-TSCHI!!
DIE IMMER MIT IHREM YOGA!

Der Salz-Irre von der SPD

Ernährungscoach therapiert Spitzenpolitiker: Fliegenträger Karl Lauterbach wagt endlich den Sprung in ein neues Leben.

Von Nico Rau

»Das passt mir überhaupt nicht. Ich bin gerade voll und ganz mit Vorbeugung beschäftigt! Und zwar gegen alles!« SPD-Gesundheitsexperte Karl Lauterbach ist verstimmt, als er uns Reporter in seine spartanische Küche bittet. Seine bescheidene Villa im Kölner Stadtteil Wahnheide riecht nach Desinfektionsmitteln und Möhrensaft. »Ich koche eigentlich gar nicht mehr. Viel zu ungesund!«, lässt der spindeldürre Lauterbach wissen und schaut streng auf die eigentliche Quelle seines Unmuts: Jonas Heitmeyer, der es sich in der Sitzecke bequem gemacht hat.

Der gemütliche Klotz Heitmeyer ist Ernährungsberater, so behauptet er zumindest, und wohnt seit zwei Wochen bei dem bekannten SPD-Politiker mit dem schütteren Haar und der meist grellen Fliege. »Sie sehen doch, dass der Mann Hilfe braucht!«, erklärt der selbst ernannte Coach, während Lauterbach Unverständliches grummelt. Den Politiker beobachtet er schon länger: »Ein Mann, der mit über 400 wissenschaftlichen Veröffentlichungen zwar erfolgreich den Kopf ein-, aber leider auch den Bauch ausgeschaltet hat«, so lautet die knappe Analyse Heitmeyers.

Nach einem Streifzug durch Lauterbachs Wohnviertel habe er spontan beschlossen, ihn zu coachen, und sich dafür direkt bei ihm einquartiert. »Das mit der kaputten Fensterscheibe im Klo ärgert Karl immer noch«, gibt Heitmeyer zu und lächelt versöhnlich. Damals war Letzterer spontan in Lauterbachs Haus eingestiegen. Da der SPD-Politiker beruflich viel außer Haus sei, nehme er nun dessen Schlafzimmer in Anspruch.

Lauterbach selbst schaut überhaupt nicht versöhnlich, als Heitmeyer seine persönlichen Qualifikationen aufzählt. Bereits als Jugendlicher habe er erfolgreich an der schulischen Koch-AG teilgenommen. Seit einer kurzen Liaison mit einer Imbissbudenbesitzerin arbeite er als Ernährungsberater. Einen Namen in der Szene habe er sich mit Sachbüchern wie »Garstiges Gemüse«, »In dreißig Jahren zur Traumfigur« oder »Lieber doof als dünn« gemacht.

Während der einsamen Tage am Schreibtisch habe er dann festgestellt, dass er in einem Elfenbeinturm arbeite. »Essen findet viel zu oft hinter verschlossenen Türen statt! Um die Menschen zu erreichen, muss ich vor Ort aktiv werden!« Seitdem besucht er regelmäßig ausgewählte Patienten und zieht dort für mehrere Wochen ein.

Das Therapieziel für Lauterbach sei schnell beschrieben, sagt Heitmeyer: »Karl soll wieder Spaß am Essen haben! Das ist doch auch für ihn unangenehm, wenn alle anderen Kollegen ein gemütliches Wohlstandsbäuchlein vor sich hertragen. Da fällt er doch auf!« Bei dem Stichwort »auffallen« fällt Heitmeyer ein, dass er Lauterbach unbedingt die notorische Fliege abschwatzen wollte, denn diese stehe »symbolisch für sein fliegenhaftes Essverhalten«. Dann erzählt er von der Grillparty unter dem Motto »One meat a day keeps the doctor away«, die er kürzlich für den Gesundheitsexperten der SPD veranstaltet habe. Ein Desaster: »Karl konnte auch da nicht loslassen.« Er habe einem Gast das frisch gegrillte Rinderfilet ins Gesicht gepresst und gebrüllt: »Noch nie was von heterozyklischen aromatischen Aminen gehört?«

Lauterbach schüttelt über so viel Unwissen den Kopf. »Wer grillt, der kann sich auch gleich vor den nächsten Zug werfen!

Darmkrebs, Herzinfarkt, Schlaganfall!« Heitmeyer lächelt milde. Er weiß, der SPD-Politiker ist sein vielleicht schwierigster Fall. »Aber was ist mit der Freude, Karl? Was ist mit der Freude?«

»Worüber soll ich mich freuen«, fragt Lauterbach, »wenn ich mit Mitte 50 sabbernd im Rolli sitze, nur weil ich mich täglich vollstopfen musste!« In dem Moment klingelt es an der Tür. Der Politiker öffnet und sieht sich einem jungen Mann in Lieferdienstkleidung gegenüber. »Tod auf Rädern«, ächzt Lauterbach. »Unser Mittagessen!«, freut sich Heitmeyer und schiebt den Konsternierten zur Seite, nachdem er ihm das Portemonnaie aus der Gesäßtasche gezogen hat, um den Boten zu bezahlen.

»Wissen Sie, wie viel Salz da drin ist? Das macht dement!«, protestiert Lauterbach, der dafür bekannt ist, selbst in den besten Restaurants von Köchen zu verlangen, für ihn ausschließlich salzlos zu kochen. Eine Marotte, die Lauterbach im Gaststättengewerbe den Spitznamen »Der Salz-Irre von der SPD« eingebracht hat.

Seit er hier wohne, habe der Politiker noch rein gar nichts zu sich genommen, erzählt Coach Heitmeyer. Lauterbach scheine bisher ausschließlich von medialer Aufmerksamkeit gelebt zu haben: »Talkshowauftritte, Interviews, Twitter-Nachrichten, das ist Karls täglich Brot.« Bei dem Wort »Brot« schnappt Lauterbach nach Luft. »Versalzen! Demenz!«, röchelt er. Doch dann schnuppert er zaghaft an einer Möhre. Unter dem stolzen Blick seines Coachs wagt der SPD-Gesundheitsexperte den ersten vorsichtigen Bissen in ein neues Leben.

Vivat, Santa Jacinda

Neues aus Neuseeland: Move over, Vatikan!
Das lebende Weltwunder von Down Under hat
die nächste Epidemie ausgelöst: die Jacindamania.

Von Anke Richter

In diesen apokalyptischen Zeiten, da die Gesetze des Dschungels herrschen und es ums nackte Überleben geht, will ich endlich einmal ganz vorne sein. Sollte eines Tages jemand meinen Nachruf schreiben, dann möge damit geprahlt werden. Denn an dieser Stelle wird Jacinda Ardern endgültig heiliggesprochen. Move over, Vatikan! Spring zur Seite!

Vor einem Jahr habe ich es prophezeit, als die coole Ex-DJane und nun gewählte Premierministerin stillend zu UN-Kongressen jettete, über Nacht Waffengesetze änderte und Terroropfer umarmte. Arderns Antlitz im Kopftuch wurde nach dem Attentat auf die Moschee in Christchurch überdimensional auf einen Turm in Dubai gebeamt. Ihr Bild radierte als Symbol nicht nur Mutter Teresa im Nonnensari aus. Nein, es übertraf die Gottesmutter Maria.

Ein neues Zeitalter brach an. Jacindamania erfasste die Welt. Die *Vogue* fotografierte sie an einem einsamen Strand. Das internationale Lovebombing begann, nur die alten weißen Männer rasteten aus. Seit unsere Landesmutter mit drastischen Maßnahmen und mitfühlenden Worten in den letzten Wochen auch die Coronafälle in den grünen Bereich drückte und ihr Land damit zu den sicheren Inseln der Glückseligen machte, ist es um alle geschehen.

Die *Financial Times* titelte: »Erhebe dich, Santa Jacinda«, das Magazin *The Atlantic* legte nach: »Die effektivste Führerin der Welt«. Virologe Christian Drosten in Berlin schlug Ardern eine polyamore Fernbeziehung vor. Ikonenmalerinnen gingen sofort ans Werk. In den Hintergrund ihrer Bilder platzierten sie dezent Angela Merkel und Greta Thunberg, die unsere GröHaZ (Größte Heilige aller Zeiten) verstärken. Nur Arderns Gebiss wurde etwas überarbeitet. Auch Kiwis sind eitel.

Neuseelands Nationalmuseum Te Papa in Wellington wollte die gesamte Walfisch- und Vogelabteilung für die Heiligenbilder freimachen. Doch dann bekam Donald Trump davon Wind, fragte seinen Kumpel Kim Jong-un um Rat und ließ alle Jacinda-Bilder vom Kunstmarkt verschwinden. Verschwörungstheoretiker behaupten, sie wurden zusätzlich mit Chlorbleiche verätzt. Wer mir nicht glaubt: Ich habe YouTube-Videos gesehen, in denen Experten dies belegen.

Unser Aotearoa lässt sich von den USA mit solchen Machenschaften nicht in die Knie zwingen. Wir setzen daher unserer Anti-Trump bald ein Denkmal, das auch einem dritten Weltkrieg standhält. Sobald wir aus dem Lockdown kommen, wird neben der Riesenkarotte in Ohakune und dem gigantischen Donut auf einem Acker in Springfield endlich im Hagley Park in Christchurch eine Statue von nordkoreanischem Ausmaß errichtet.

Da thront dann die Heilige Jacinda wie die Freiheitsstatue über New York. An einer Brust ihr stillendes Kind, in der erhobenen Faust eine Impfspritze. 5G-Gegner haben bereits Denkmalschändung angedroht. Was immer mir nach diesen Enthüllungen passiert: Die Mainstream-Medien werden es hundertprozentig unterdrücken.

Unverlangte Li-La-Lyrik

Wie Wahrheit-Gedichte entstehen und warum sie leichtfüßig tänzeln. Ein persönlicher Werkstattbericht.

Von Michael Ringel

Ich hasse Gedichte! Jedenfalls schlechte, von denen ich jeden Tag mindestens eines per Post bekomme. Gedichte werden selten als E-Mail verschickt, sie werden sorgfältig auf gediegenes Briefpapier gepinselt und in akkurat verzierte Umschläge verpackt. Jeden Tag entnehme ich meinem Büropostfach eine dieser Botschaften, deren Inhalt ich schon von außen erkennen kann. Dann stehe ich im Fahrstuhl und reiße das Kuvert auf, rolle mit den Augen und stöhne so laut, dass die Kollegen erschrecken: »Ein Gedicht, ein Gedicht!«

»Wer reitet so spät durch Nacht und Wind, / es ist die Merkel mit ihrem Flüchtlingskind ...«, rumpelt es los und geht auch nicht besser weiter. Zuvor hat der Verfasser in einem zehnseitigen Anschreiben seinen Lebenslauf mitgeteilt und dass er auf eine einmalige Idee gekommen sei. Er bringe nämlich die aktuelle Lage mit einem seit seiner Schulzeit nicht mehr gelesenen Poem auf den Punkt. Exklusiv biete er uns das wertvolle Meisterwerk an, wobei *Spiegel* und *Zeit* ebenfalls Interesse bekundet hätten und an der Sache dran seien, weshalb man schleunigst zuschlagen und es drucken sollte, bevor es zu spät sei.

Neunzig Prozent dieser Verse paraphrasieren bekannte Klassiker: »Denk ich an Deutschland in der Nacht, / bin ich um den Schlaf Horst Seehofers gebracht!« Goethe, Schiller,

Heine sind die zeitlosen Heroen des bildungsbürgerlichen Teilzeitdichters. Es ward aber auch schon ein Wilhelm Busch oder sogar Robert Gernhardt gesehen. Noch immer gilt, was Moritz Gottlieb Saphir 1842 in der Wiener Zeitschrift *Der Humorist* am »Gelegenheitsdichter« tadelt: »Bei dieser Gelegenheit wird denn gelegentlich zusammengestohlen, was einem eben gelegen ist, denn: Gelegenheit macht Diebe!«

Ich hasse Gedichte! Weil ich ein schweres Erbe übernommen habe. Seit mehr als zwanzig Jahren gibt es auf der Wahrheit-Seite der *taz* jeden Donnerstag ein komisches Gedicht. Eingeführt wurde der Gedichtetag von der Wahrheit-Redakteurin der Neunzigerjahre Carola Rönneburg, die später auch einen Sammelband mit den besten Werken herausgegeben hat: »Oben lag der Apennin / unten legte ich mich hin«. Das Buch beginnt mit den veritablen Worten: »Die Wahrheit spricht / im Reimgedicht.«

In zwei Jahrzehnten haben sich die donnerstäglichen Gedichte zu einer Lieblingsrubrik der Leser entwickelt. Das ist edel, schön und gut, birgt aber auch Probleme. Denn wo wird heutzutage überhaupt noch Lyrik in Zeitungen und Zeitschriften veröffentlicht, von komischen Gedichten ganz zu schweigen? Abgesehen von unfreiwillig komischer Poesie in christlichen Provinzbäckerblumen, deren Ästhetik die Wahrheit manchmal zitiert und parodiert. Aber deshalb glaubt jeder Volkshochschulreimer, hier ein Forum finden zu können.

Ich hasse Gedichte! Zumindest die unverlangt eingesandten. Sie versetzen den Redakteur in ein moralisches Dilemma. Man will dem Verfasser, der sicher hart an seinem Produkt geklöppelt hat, ja gar nichts Böses. Doch seine dilettantischen Ergüsse schmerzen bisweilen geradezu körperlich. Oft sind die Verfasser Strafgefangene oder in der Psychiatrie Einsitzende oder pensionierte Studienräte im Gefängnis des Ruhestands. Man kennt das aus zurückliegenden Zeiten: Geraten Menschen in eine existenzielle Notlage wie Kriegsgefangenschaft, dann beginnen sie zu dichten. Die Dichtkunst als gehobene Form scheint die einzige Ausdrucksmöglichkeit, um das Elend der Erniedrigung oder schlicht der Langeweile zu ertragen. Auf sich selbst zurückgeworfen, blickt der Mensch in sein Innerstes und entdeckt dort Reime, die kühn ans Tageslicht drängen.

Leider entstehen so nur selten druckfähige Erzeugnisse, weil sich die lyrischen Locken selbstbegeisterter Wortschnitzer stets nur um eines drehen: Ich, Ich, Ich. Und wenn der Pegasusreiter sich nicht mit seinem Ego beschäftigt, sondern mit Politik, dann sieht er sich bereits als lorbeerumkränzten Träger hoher Auszeichnungen. Selbst wenn das Gedicht noch gar nicht niedergeschrieben ist. Einmal – und das ist eine wahre Geschichte – rief ein selbst ernannter Poet in der Wahrheit-Redaktion an und wollte seine Verse am Telefon vortragen, das heißt: nur den Anfang, denn das preisverdächtige Gedicht zur Lage der Nation war noch gar nicht fertig. Er habe gerade keine Zeit, es aufzuschreiben, da er mit dem Motorrad an der Tankstelle stehe und gleich weitermüsse, erklärte der reisende Blitzdichter, dessen Kunstwollen ich später in einem Kurzdrama mit dem Titel »Li-La-Lyrik« verewigt habe – inklusive des phänomenalen Verses: »Die Bundeswehr im Kosovo / froh wie der Mops im Paletot.«

Ich hasse Gedichte! Auf jeden Fall die feierlichen. Wer kennt es nicht, wenn beim runden Geburtstag der Großmutter zwischen Kaffee und Kuchen Onkel Eberhard das Leben der Jubilarin in monatelang schwer geschmiedeten Reimen Revue passieren lässt. Man windet sich auf seinem Stuhl wegen des quietschenden Rhythmus und rumpelnden Metrums. Es ist eine einzige krumme Katastrophe, vorgetragen vom brunzdümmsten Vertreter der Familie, ebenjenem Onkel Eberhard, der einem schon als Kind suspekt war, weil er braune Sandalen und beige Socken zur kurzen Khakihose trug und verdrückte

Witze erzählte über Busen und Flusen und jede Frau in seiner Nähe antatschte und nun mit frivolen Anspielungen auf Oma die feixende Runde erfreut, die immer wieder zu einem herüberlinst – schließlich habe man ja beruflich irgendwas mit Literatur zu tun und verstehe wohl einiges von der Sache.

Wenn dann aber nicht mehr zu verbergen ist, wie sehr man die frotzelnde Feierdichtung verabscheut, wird die vorwurfsvolle Frage gestellt: »Warum machst du das dann nicht selbst?« Die einzig mögliche Antwort ist: »Weil ich Gedichte hasse!« Und das versteht dann wieder die Familienbande. Denn Gedichte sind sowieso nichts Reelles, sondern nur Kokolores. Anerkennend wird genickt: Guck an, der Junge hat zwar in der Großstadt studiert, aber ist doch bodenständig geblieben. Für diese »Rückkehr nach Reim« sollten französische Soziologen einmal den Begriff der »sozialen Schamlyrik« prägen: »C'est bon, c'est bon / Géramont, Eribon.«

Ich hasse Gedichte! Besonders die schulischen. Auf dem Gymnasium wurde ich mit »Lesen – Darstellen – Begreifen« gequält, dem ebenso legendären wie verstaubten Deutschlehrbuch. Der modernste Poet darin war Brecht, und selbst der gar nicht so Falsche wurde totkanonisiert. Für die Schulzeit gibt es eine goldene Regel: Nur wer schlechte Noten im Deutschunterricht hat, kann ein passabler Schriftsteller werden.

Ich hasse Gedichte auch aus Neid, weil mein Mitschüler Peter Parker mühelos auf Zuruf Zwei- und Vierzeiler aus seinem Giggelkopf hervorzaubern konnte. Damals war er für mich vernebeltes Pubertätstränentier der größte Gelegenheitsdichter deutscher Zunge. Leider wurde er später zu dem Typus, der mir im Berufsleben öfter begegnen sollte: das vergeudete Talent. Für ihn wie für so viele andere empfindsame Versschmiede gilt die bittere Erkenntnis: Dichten – das ist fünf Prozent Talent und 95 Prozent Schweiß. »Die schärfsten Kritiker der Elche / waren früher selber welche.«

Die Rettung kam erst spät, mit Eckhard Henscheid, F.W. Bernstein und Robert Gernhardt, mit den Mitgliedern der Neuen Frankfurter Schule, die als große Ironiker stets vehement bestritten, Lehrer zu sein, aber genau das waren, indem sie in ihrer komischen Schule unter anderem einen neuen Zugang zur Lyrik schufen und einige wesentliche Dinge vermittelten: Dass man zum Beispiel selbst Goethe verbessern kann; dass das Auswendiglernen und Aufsagen von Gedichten aufregend sein kann; oder dass Gedichte schlichtweg Spaß machen können: »Der Kragenbär, der holt sich munter / einen nach dem anderen runter.«

Ich hasse Gedichte! Denn ich darf sie nicht wie ein Normalleser genießen, sondern muss sie als Redakteur erarbeiten. An jedem Montag beginnt der Kampf um den raren Seitenplatz am Donnerstag. Auf der sonst nie gut gefüllten Halde für Texte stapeln sich die Gedichte. Ist Not am Mann, kein Text zur Hand, kann man immer ein Gedicht auf die Seite hieven – nicht nur donnerstags. Am liebsten würde jeder Dichter jeden Tag eines seiner Werke veröffentlicht sehen. Doch oft kommt ein »gravierendes Ereignis« dazwischen, und der Redakteur muss das schon fertige Stück »absagen«, wie das bei Autoren meistgehasste Wort heißt.

Hat es der Dichter aber geschafft, sein Werk zu »verkaufen«, folgen die inhaltlichen Verhandlungen: In Strophe eins ist eine Dopplung, in Strophe zwei ein unnötiges Füllwort, in Strophe drei wird der stilistische Kniff übertrieben, um eine falsche Betonung auszugleichen. Und fast jedes Gedicht ist um mindestens eine Strophe zu lang, die allerdings der Autor für die beste hält, während der Diktator von Redakteur feststellt, dass ohne sie das Gedicht »rund« ist. Zuletzt muss der Redakteur den Despoten geben, damit es irgendwann ein Ende der Diskussion hat. Spätestens am nächsten Tag, wenn das Werk auf der Seite, eingebettet in ein beeindruckendes

Bild, zu besichtigen ist und als Zugabe Leserlob eintrifft, ist der Disput vergessen – bis zum nächsten Mal.

Ich hasse Gedichte! Weil sie auf der Wahrheit-Seite ein Bild brauchen. Und das bedeutet, Verhandlungen mit der Fotoredaktion aufzunehmen und in wenigen Worten zusammenzufassen, was der Inhalt des Gedichts ist und was für ein Motiv dazu passen könnte. Da gehen die Vorstellungen aller Beteiligten mitunter weit auseinander. Gern stöbern Fotoredakteure Motive »quer zum Thema« auf, dann soll statt einer gewünschten Weintraube eine Erdbeere »der Hingucker« sein. Als Redakteur rollt man dann mit den Augen und versucht, den Blick der Fotospezialisten auf andere Aspekte zu lenken. Nur eine rote Linie darf nie überschritten werden: Ulkige Bilder von Scherzagenturen funktionieren gar nicht, weil sie meist nicht komisch sind oder in ihrer bemühten Witzigkeit zu sehr vom Witz des Gedichts ablenken.

Oft einigt man sich auf der formalen Ebene, das Motiv muss viel Himmel oder Wasser aufweisen, um den Text hineinstellen zu können. Layouter schätzen landschaftliche Panoramen, um die Dritten im Bunde zu erwähnen, wenn es darum geht, das Wahrheit-Gedicht ansprechend zu präsentieren. Und wieder wird verhandelt, welche gestalterischen Möglichkeiten es gibt. Meist entscheiden die Layouter, die den besseren Blick aufs Ganze haben, auch wenn ihnen dieser schräge Reimkram nicht ganz geheuer ist.

Ich hasse Gedichte, weil ich in Notfällen selbst dichten muss. Wie am Freitag, dem 13. November 2015, als ich bis tief in die Nacht auf allen Kanälen das Blutbad von Paris verfolgte. In solchen Momenten schaltet das Hirn eines Redakteurs auf professionellen Modus und stellt Fragen: Wie kann man angemessen auf ein barbarisches Attentat mit den Mitteln der Satire reagieren? Welche Textsorte lässt sich einsetzen? Solch einem Ereignis kann man sich nur von der Form her nähern. Auch ein Chirurg wird während einer Operation keine Tränen des Mitgefühls über den Zustand seines Patienten vergießen, sondern die Lage distanziert analysieren und überlegt handeln. Poesie ist dann eine der wenigen Bewältigungsmöglichkeiten. Und so entstand zum Beispiel das Gedicht mit dem Titel »So Gott wie tot«, bei dem sich der Arbeitsprozess verkehrte: War ich dem Autor bisher Lektor, wurde er nun zum Redakteur. Der Göttinger Könner Reinhard Umbach leistete Amtshilfe und trug entscheidende Verbesserungen bei – mit den bekannten Argumenten: Da ist eine Dopplung, dort gibt es eine falsche Betonung, aber insgesamt ist es nach den paar Korrekturen »rund«. »Ach hätte Gott doch in Paris / sich mitgesprengt ins Paradies.«

Solche Modifikationen muss man als Dichter aushalten können, denn auch Poesie ist das Ergebnis eines kollektiven Arbeitsprozesses. Immer noch halten wir am Bild des singulären Schöpfers fest, das der romantische Geniekult des 19. und der pathetische Nationalsozialismus des 20. Jahrhunderts prägte: Der geniale Heros formt seine hohen Worte aus dem Nebel tiefschürfender Gedanken und knattert sie dann bei Kerzenlicht in der zugigen Denkerstube aufs Pergament – fertig! Nein, auch ein Gedicht braucht unbedingt kenntnisreiche Gutachter wie zum Beispiel die Wahrheit-Kolleginnen Barbara Häusler, Corinna Stegemann oder Harriet Wolff, die allesamt auf die Wahrheit-Gedichte eingewirkt haben. Es braucht Korrektoren und Bildbearbeiter, Gestalter und Hersteller, ohne sie wäre alle Poesie nichts. Dichten bedeutet auch, die Persönlichkeit des Autors hinter sich zu lassen, die Perspektive zu wechseln und die Position des Gegenlesers einzunehmen. Schreiben kann jeder, sich selbst redigieren ist die Kunst. Und die größte Kunst ist, harte Maloche wie leichtfüßiges Tänzeln aussehen zu lassen.

Ich hasse Gedichte! Allein dafür, dass wir sie in einer kleinen, armen Zeitung präsentieren, die kein angemessenes Honorar zahlen kann. Peinliche dreißig Euro erhält ein Wahrheit-Dichter pro Veröffentlichung. »Gedicht ist die unbesoldete Arbeit des Geistes« – da hat sich kaum etwas verändert seit den Tagen des hauptberuflichen Arztes Gottfried Benn, der in der *Weltbühne* vom 29. Juni 1926 eine präzise Rechnung aufmacht, wie viel er in fünfzehn Jahren »Dicht- und Schriftstellertum« mit seinen Werken »Summa summarum«, so der Titel des Artikels, verdient hat: »Es sind 975 Mark.«

Dafür haben die Wahrheit-Gedichte einen der ungewöhnlichsten Veröffentlichungswege aller Zeiten gefunden: die Telefonwarteschleife der *taz*, bei der eben nicht wie sonst üblich Lalamusik losdudelt. Zwei Warteschleifen mit Wahrheit-Versen habe ich in einem Tonstudio besprochen. Von den Anrufern werden die Wartegedichte geliebt, im Haus wird vor allem die Ansage gehasst, weil sie bei Anrufweiterleitungen jedes Mal von vorn losgeht: »*taz. die tageszeitung*. Sie werden gleich verbunden. Solange: Gedichte von der Wahrheit-Seite.«

Ich hasse Gedichte – eigentlich nur ein wenig. Ich bekomme nämlich als Redakteur nicht nur schlechte, sondern auch sehr, sehr gute Verse zugesandt. Oden und Hymnen, Sentenzen und Sonette, Knittel und Knöttereien – die Wahrheit-Profis beherrschen alle klassischen und modernen Formen und wenden sie spöttelnd auf ebenso zeitlose wie aktuelle Vorgänge an. Dann werden beispielsweise Alltagsphänomene vorgeführt wie in der »Notiz eines immer gerngesehenen Besuchers« von Thomas Gsella: »Die Kerze längst kurz. / Im Bauch eine Lauge / aus Bier, Wein und Eier- / likör. Es war nett! // Ein mächtiger Furz. / Ich öffne ein Auge / und kotz wie ein Reiher / ins Gästebett.« Oder es wird vor politischen Wiedergängern wie den »Dresdner Zombies« gewarnt von Peter P. Neuhaus: »Denn dies ist Traum jedes Verwesten: / Am Montag Walking Dead in Dresden.«

Wahrheit-Dichter wie Fritz Eckenga, Thomas Gsella, Christian Maintz, Reinhard Umbach, Peter P. Neuhaus, Kathrin

Passig, Klaus Pawlowski, Bernd Penners, Horst Tomayer, Jan Kaiser, Rayk Wieland, Matti Lieske, Carola Rönneburg, F. W. Bernstein, Georg Raabe, Dietrich zur Nedden, Susanne Fischer, Steffen Brück, Jörg Borgerding, Holger Paetz, um nur einige zu nennen, die für die Wahrheit dichten oder gedichtet haben, erhellen mit ihrem herzergreifenden Witz selbst den dunkelsten Ruhrgebietsnovember oder führen mit ihrer klassischen Belesenheit frivole Verse in höhere Sphären oder formen rätselhafte Gedankengänge in schachblitzschnelle Reime. Alle rufen sie beim Leser wenigstens ein Lächeln hervor, getreu der Wahrheit-Devise: Ein Lächeln am Tag – und die Welt ist gerettet.

Am Ende bleibt wohl nur der Ruhm – auch wenn diese wahren Enthusiasten der komischen Poesie in »seriösen« Lyrikanthologien meist unterschlagen werden, weil im Deutschen noch immer das Leichte als minderwertig, das Ernste aber als Kunst gilt. Den Ruhm jedoch haben sich die Wahrheit-Dichter redlich verdient. Sie sind komisch, edel und gut. Und deshalb liebe ich die Wahrheit-Gedichte: für ihren Witz und Pragmatismus, ihre Pathosferne und Stilsicherheit und vor allem für ihre Ironie wie bei meinem absoluten Lieblingsstück von Holger Wicht, das den Titel »Halbherzige Absage« trägt: »Noch ein Gedicht? / Nein, heute nicht.«

Was gab's heut zu sehen am Strand?

Von Carola Rönneburg

Das Kiefernwäldchen und weißen Sand
In hellem Licht der Meeresrand
Kinder im Wasser, selten an Land
Viel eiskaltes Bier am Imbissstand
Eine alte Liebe, Hand in Hand

Inselhopper am laufenden Band
Hüpfende Bäuche vor Wellenwand
Die Souvenirs: Chinesentand
Getränke nicht ohne Flaschenpfand
Am Abend auch noch Sonnenbrand

Papa Balú

Lebenslänglich Bayer: Wer wird eigentlich der Nachfolger von Markus Söder, sollte der bayerische Ministerpräsident Bundeskanzler werden?

Von Andreas Rüttenauer

Es wäre längst an der Zeit, das schöne Wort »Dauerwerbesendung« einzublenden, wenn auf einem Kanal des *Bayerischen Rundfunks* wieder einmal ausführlich der Ministerpräsident zu Wort kommt. Ob es Markus Söder so am Ende ins Kanzleramt spült? Woran dabei kaum einer denkt: Es bräuchte dann einen neuen Ministerpräsidenten im Freistaat. Als ich neulich in München ein paar Freunde gefragt habe, wer denn das sein könnte, zuckten die meisten mit den Schultern. »Wahrscheinlich muss es dann der Balú machen«, hat einer schließlich gesagt.

Balú? So wird der bayerische Innenminister Joachim Herrmann genannt. Dass der Mann einen solch putzigen Spitznamen trägt, liegt gewiss nicht an seiner Politik. Das bayerische Polizeiaufgabengesetz, das er zu verantworten hat, sucht seinesgleichen in der Republik. Nirgendwo ist die Polizei mit mehr Kompetenzen ausgestattet als in Bayern. Von wem geglaubt wird, dass er mal gefährlich werden könnte, der darf eingesperrt werden, solange es die Polizei für nötig erachtet. Und weil man in Gewahrsam ja nichts anstellen kann, wird es bei der Freilassung heißen, dass es mit dem Wegsperren schon seine Richtigkeit gehabt habe, schließlich sei ja nichts passiert. Joachim Herrmann darf man getrost als Hardliner bezeichnen.

Wer ihm begegnet, würde darauf nicht kommen. Er ist der Inbegriff der Behäbigkeit, und käme er nicht aus Franken, man könnte tatsächlich glauben, dass er etwas von Gemütlichkeit versteht. Kommt Balú Herrmann einem aus einer Entfernung von zehn Metern entgegen, kann es bis zu einer halben Stunde dauern, bis er tatsächlich vor einem steht. Außerdem braucht man viel Kaffee, um nicht schon bei den ersten Sätzen einzuschlafen, die er spricht. Das sonore »Ähh«, das er hinter jedem zweiten Wort platziert, wirkt auf ADHS-Patienten wie Ritalin.

Wie es bei den Herrmanns daheim zugeht, das weiß ich nicht. Wie er seine Kinder erzogen hat, würde einen aber schon interessieren. Sein Sohn Jakob ist nämlich Rapper und nennt sich als solcher Jaggy Jackpot. In seinem neuen Song »Bavarian Diego« heißt es: »Viele Jobs, viele Cops, das ist Bayern, Digga.« Er raucht etwas, das aussieht wie ein Joint, und kommt doch biederer daher als bei seinen ersten Rap-Versuchen.

Mit 19 hatte er über sein Glied gerappt, mit dessen Härte er sehr zufrieden war, und Zeilen abgesondert wie diese: »Guck, ich fick mit meiner Gang einfach so, deine Freundin wird gefickt auf dem Klo.« Porno-Rapper hat man ihn genannt. Der Song verschwand wieder, ein pornofreies Album ist erschienen und jetzt, nach ein paar Jahren, der neue Song, in dem auch Papa Balú vorkommt: »Hebe gern die Stimme, diese Art hab ich wohl von meinem Papa.« Der Bub ist brav geworden.

Den Papa wird's freuen. Wenn er mal als Ministerpräsident zur Wahl steht, kann er gewiss jemanden brauchen, der mit einem saftigen Rap die Leute wieder aufweckt, die er mit seiner Wahlkampfrede eingeschläfert hat. Darauf ein sonores »Ähh«!

Frankfurt fuckt ab

Öde Orte revisited:
Das entsetzlich verhunzte Großdorf am Main besticht durch immer neues Schandwerk in sämtlichen Stadtteilen.

Von Jürgen Roth

Frankfurt war mal eine ziemlich schöne, polyzentrale, hie dörflich verwuselte, da human moderne, eine lässige, angenehm unaufgeräumte und ungeordnet-zusammengewürfelte Stadt. Bis vor ungefähr zehn Jahren konnte man es in Frankfurt bestens aushalten. Heute ist Frankfurt ein Ausbund von Verhunzung, Anmaßung, Angleichung, Einebnung und Plattmacherfurorgesinnung, von Blödheit mal Schwachsinn hoch acht.

In der sogenannten Innenstadt, die, zugegeben, schon immer nichts weiter als ein Klumpen aus steindummem Beton, Rotz und Ramsch war, hat das sogenannte Stadtplanungsamt den Roßmarkt in ein »Aufmarschgelände für Fußballfans, Apfelweintrinker und Salafisten« (Stefan Geyer) verwandelt.

In unmittelbarer Nähe lässt das Großkotzkapital einen dringend benötigten Riverside Financial District ins Erdreich rammen, der »Uferseitiges Verfehlungsmiststück« oder so ähnlich heißen müsste, und am ohnehin debilen Römer entsteht im Zuge der Rekonstruktion einer angeblichen »Altstadt« das entsetzliche, hirnrissige Stadthaus, weil dem Magistrat das Bauen halt sehr viel Spaß macht.

Das Nordend, in dem die hochnäsigen Grünen nisten, kann man nur noch einmauern. West- und Osthafen sind kopftote, abgrundtief öde, faschistische Tummelplätze fürs Bankergeschmeiß, andere neue Stadtteile sehen nicht einen Deut anders und besser aus. Bald gibt es in Frankfurt vermutlich keine Ecke mehr, in der Menschen mit Geschmack und Verstand zu leben in der Lage wären. Vielleicht erhalten sich Reste im Riederwald, in Bornheim und in Sossenheim (Chlodwig Poth!).

Und im Gallus, wo ich wohne. Dachte ich bis vor drei, vier Jahren. Nee, dito hier – Sense. Das zutiefst asozial-aseptische, von Albert Speer konzipierte Europaviertel auf dem zum Gallus gehörenden ehemaligen Bahnareal an der Messe wuchert rund um die Zentralachse »Stalinallee« (Volksmund), ein gigantisches »Klötzchenspiel« *(Süddeutsche Zeitung)* geistig und moralisch infinit verkommener Investoren. Da hülfe tatsächlich allein der sofortige Wiedertotalabriss – oder Bomber Harris.

Das Gallus, ein altes, in vielen Winkeln einst anmutiges Arbeiterquartier, durchlaufe »eine spannende Entwicklung«, säuselt Oberbürgermeister Peter Feldmann (SPD), dieses Genie. Wahr ist: Es wird allerorten nach Kapitalistengiermanier aufgerissen, abgerissen, zertrümmert, luxussaniert, »verdichtet« und versaut.

Jetzt verwüstet das sogenannte Grünflächenamt im Rahmen des Programms – man merke auf! – »Schöneres Frankfurt« einen weiteren Abschnitt des ehedem herrlichen Grünstreifens in der Frankenallee – unter Einsatz von Abermillionen Euro und mithilfe eines Offenbacher (!) Gartenbaubetriebs.

Vor ein paar Wochen, zu Beginn der Brutzeit, sah ich da im ehrwürdigen Baumbestand einen Kleiber, einen dieser redlichen, wunderfeinen Kletterkünstler, einen schmerzlich zierlichen Baumläufer, und eine Nachtigall sang sich abends um den Verstand. Nun zerfetzen Bagger (mit dem Gütesiegel Blauer Engel, »weil lärmarm«, jojo) die hüft- bis schulterhohen Hecken, reißen die verfluchte dichte Wiese mit den schmählichen Gänseblümchen heraus, türmen Erdwälle auf und beseitigen alles Krumme und Wildwüchsige – mitten in der Brutperiode. Gesegnetes Grünflächenamt.

Gestern beobachtete ich eine verstörte Amsel, die auf dem planierten und verdichteten Boden verzweifelt und erfolglos nach Nahrung spähte. Alle anderen Vögel haben das Weite gesucht, morgens ist kein Ton mehr zu hören. Wenn das Schandwerk vollendet sein wird, darf ich mich an stinkfaden Verbundsteinflächen, »besonderen Gestaltungselementen« wie mehrfarbigen Globen und blauen Bodenwulstleuchten (oder was das sein soll) sowie staubgrauen Steinsockeln und in Reih und Glied strammstehenden Stauden ergötzen – ein Reichsparteitagsgelände vor meiner Haustür.

Man nennt es: »Erhöhung der Nutzungsqualität des Grünstreifens durch eine neue, breitere Wegeführung, Wegnahme des dichten, unüberschaubaren Heckenstreifens und Einsatz von blühenden Pflanzen, Installierung einer neuen Beleuchtung im Grünstreifen zur Erhöhung der Aufenthaltsqualität sowie des Sicherheitsempfindens« (Stadtplanungsamt).

»An ihrer Sprache sollt ihr sie erkennen« (Karl Kraus), an ihren Taten sollt ihr sie messen. Links und rechts gehört dieser verfickten Stadt, gehört diesem Arschloch namens Frankfurt eine runtergehauen, mit Karacho und Aplomb.

Verfahren im Olympiapark

Schwabinger Krawall:
Wegen der Dröhnspektakel irgendwelcher Reklameheinis kann Herr Hammler seinen Garten nicht mehr anradeln.

Von Michael Sailer

Dass es das Oberwiesenfeld seiner Kindheit, durch das er mit dem Fahrrad in den Garten seiner Großtante karrioliert ist, nicht mehr gibt, hat Herr Hammler verwunden. Schließlich ist er ein moderner Mensch und findet das Olympiazentrum, wenn er zwei, drei Maß Bier getrunken und Erfreuliches erlebt hat, sogar richtig schön. Auch dass diese Anlage immer häufiger von Reklameheinis dazu missbraucht wird, mit ihren Dröhnspektakeln arglosen Kindern und verblödeten Erwachsenen Geld aus der Tasche zu leiern, regt ihn nicht sonderlich auf. Eines aber schlägt ihm aufs Gemüt: wenn man ihn daran hindert, in den ererbten Garten zu radeln, was in letzter Zeit einige Male vorgekommen ist.

Zunächst war an einem sonnigen Tag das gesamte Gelände gesperrt worden, weil, wie ein Polizist erklärte, im Stadion eine Rockveranstaltung durchgeführt werde. Herr Hammler streitet nicht gern mit Polizisten und nahm den Umweg über den Mittleren Ring auf sich. Bald darauf ließ ein amerikanischer Süßgetränkehersteller im strömenden Regen vereinzelte Kinder beschallen und ihm die Durchfahrt verbieten. Es folgte ein »Sommerfest«, das aus einer ähnlichen Beschallung bestand.

Diesmal erteilten ihm den Verweis fünf kanariengelb gekleidete Wachschergen, die erklärten, er solle sich zur Klärung offener Fragen ans Kreisverwaltungsreferat wenden. Von dort hat Herr Hammler mitgeteilt bekommen, der Olympiapark werde »hin und wieder« für private Zwecke vermietet, was auch ihm zugutekomme, weil die Einnahmen dazu dienten, unter anderem den Betrieb der städtischen Altenheime zu sichern. Da ist Herrn Hammler der Kragen geplatzt.

Als er bald danach wieder einem solchen Kanarienvogel gegenübersteht und erfährt, er dürfe den Park nicht mit dem Rad durchqueren, weil es dort zu einem »Mäsch« komme, hat er (weil er aufgrund der drei verzehrten Maß Bier in der Überzahl war) dem Vogel einen Vogel gezeigt und ist weitergefahren.

Dass es im Olympiapark eine Sanddüne, derartige Steigungen und halsbrecherische Kurven gibt, ist Herrn Hammler zuvor nie aufgefallen. Indes bewältigt er sie, angespornt vom wilden Geschrei der Leute außenrum, bei denen es sich offenbar um 500 Kollegen des Kanarienvogels handelt. Im Stehen strampelnd gelingt es ihm, den Verfolgern auf ihren Rädern zu entkommen. Bis er endlich doch aufgehalten wird, weil der Weg an einer Stelle endet, an der er nie zuvor geendet hat.

Umbrandet vom Jubel einer Menschenmasse steigt er ab, schüttelt wildfremde Hände, will von weiteren Belehrungen nichts wissen und findet endlich den gewohnten Weg, auf dem er mit schweren Reifen, aber unbeanstandet nach Hause gelangt.

Am nächsten Tag erwacht Herr Hammler mit heftigem Muskelkater und einem Karussell im Kopf, und als seine Frau fragt, wo der Silberpokal mit der Aufschrift »Munich Mash« auf dem Küchentisch her sei, sagt er, das sei ihm vollkommen wurst und sie solle seinetwegen eine Salatschüssel draus machen.

Alt-Metal mit Herzensbildung

Von Frank Schäfer

Stefan ist ein ruheloser Vollnerd. Nach zwei Bypässen schwappte seine jahrelang auf Zimmerlautstärke heruntergedimmte Metal-Passion endlich wieder in den roten Bereich. Es war der kleine Gruß vom Getriebe, der ihn daran erinnert hat, worauf es wirklich ankommt im Leben. Herzensbildung! Seitdem macht er, so oft es geht, Bildungsreisen zu den ehernen Spielstätten der Republik.

Heute spediert er uns nach Hamburg, ins »Bambi Galore«, wo unsere Generationskohorte zu ganz großer Form aufläuft – die Altliga in Gestalt von »Girlschool«, »Praying Mantis« und »Demon«. Man erwartet entsprechendes Publikum: Silberrücken, Graubärte, Blaupillen und faltige Indianersquaws. Es sind auch wieder alle da, nur die Komantschinnen fehlen. Mädchen bekommen diese sogenannte Alterswürde doch besser hin als wir mit dem Aktenzeichen XY.

Die Pflegekräfte hinter dem Tresen sind vorbereitet, sprechen laut und artikuliert und haben die Nachsicht eingebaut, wenn die Forderungen ihrer Patienten mal wieder allzu unverschämt werden. Als Stefan irgendwann einen Kaffee verlangt, weil er als Fahrer langsam mal damit anfangen muss, die fünf Bier zu neutralisieren, schüttelt die Stationsschwester verständnisvoll, aber auch entschieden den Kopf.

»So ein Getränk wird bei dieser Art von Veranstaltung sehr

selten nachgefragt!« – »Danke für diese erschöpfende Auskunft«, gibt Stefan freundlich zurück. »Dann halt ein Bier, aber dieses bayerische, ich muss noch fahren.«

Es gibt noch andere »Die-Hard«-Fans wie ihn, die bereits ihr persönliches Memento mori erlebt haben – Satz neuer Ohren, künstliche Hüfte, zweiter Ausgang – und die nun ebenfalls mitnehmen, was geht. Einer will tags darauf zu »Angel Witch«, wenn er das bis dahin nicht vergessen hat. Ein anderer lahmt etwas, weil er gestern bei »Nitrogods« war, wie er mit schmerzverzerrtem Lächeln erzählt. Damit erntet er beim tüddeligen »Angel-Witch«-Fan allerdings skeptische Blicke. »Nitrogods? Gibt's doch gar nicht, den Namen haste dir gerade ausgedacht.« Glücklicherweise sind die Umstehenden anderer Meinung. Er klingt so überzeugend, für einen Moment habe ich selbst meine Zweifel.

Auf der Bühne hingegen weht ein frischer Wind. Alte Schlachtrösser erleben hier ihren dritten Frühling. Tino Troy von »Praying Mantis« sieht mittlerweile zwar aus wie Gollum – aber in gut. Er schlackert unsinnig mit den dünnen Ärmchen, schneidet ganz liebe Grimassen und freut sich so sehr, noch einmal »Panic In The Streets« spielen zu dürfen, dass einem ganz anders wird.

Und »Girlschool« klingen sowieso, als hätten sie erst letzte Woche ihren Proberaum bezogen. Wer sich in vierzig Jahren eine solche instrumentale Unbelecktheit und spielerische Verbumfidelei bewahren kann, der hat auch ohne zwei Bypässe immer schon gewusst: So ein Leben ist zu kurz, um es mit absurdem Kleinscheiß wie Üben zu verdaddeln.

Mit Lach und Krach

Humorpolitik einfach erklärt:
Was aus der lustigen Satirestaatsaffäre zu lernen ist und welche neuen Power-Pointen-Paare auf uns zukommen.

Von Oliver Maria Schmitt

Wer jetzt nicht lacht, wird plattgemacht. Seitdem der türkische Komiker Recep Erdoğan und der deutsche TV-Scherzbold Jan Böhmermann erfolgreich als Duo zusammenarbeiten, ist die Welt nicht mehr dieselbe. Die Pariser Anschläge auf das Satiremagazin *Charlie Hebdo* haben die weltweite Witzsolidarität unter dem Schlachtruf »Je suis Charlie« geschmiedet – jetzt haben die Humorverbraucher Europas eine neue, schlagkräftige Satireallianz: die Türkei und Deutschland Hand in Hand, um türkische Lächerlichkeiten und deutsche Schmähungen international zu zertifizieren und wettbewerbsfähig zu machen.

Das kranke Ziel dieser großartigen Koalition: ultrakrasse Gedankenherrschaft und absolute Totalkontrolle über alle Medien inklusive Internet. Und das ist ihr gelungen. Mittlerweile beschäftigen sich 92 Prozent aller Facebook-Postings und Twitter-Nachrichten mit der lustigen Satirestaatsaffäre. Politiker in Straßburg, Berlin und Ankara debattieren darüber, ob Ziegenficker ein ehrbarer Ausbildungsberuf ist oder ob man darüber Witze machen darf. Nur die Ziegen fragt mal wieder keiner.

Dafür wollen nun Spaßvögel wie Springer-Chef Mathias Döpfner die weltweite Satiresolidarität an sich reißen, und sein Gehilfe, der ehemals talibanbarttragende Kai Diekmann, schreibt Satiren, die nicht halb so lustig sind wie die täglichen Knallgasexplosionen seines Kolumnisten Franz Josef Wagner.

Aneinandergereiht, verkettet, ordentlich verknotet und in einen sehr großen Beutel gesteckt, ergäben alle derzeit in Umlauf befindlichen Erdoğan-Böhmermann-Trittbrettwitze einen Lachsack in den Dimensionen Peter Altmaiers. Doch der Kanzleramtschef schweigt und tut nichts für Böhmermann. Übrigens als Einziger. Dafür haben sich bereits geäußert: der griechische Comedian Yanis Varoufakis (einmal), die ostdeutsche Stimmungskanone Angela Merkel (zweimal) und der lustige Nachrichtenonkel Steffen Seibert (täglich). Wortmeldungen fehlen indes noch vom Humorexperten Donald Trump, dem verrückten Comedy-Papst aus Rom (Italien), von Helmut Kohl und Til Schweiger. Und die SPD dümpelt im historischen Umfragetief, weil sie es nicht mal schafft, sich zur Schmähfrage kompetent zu äußern.

Dafür hat nun, ohne Vorankündigung und fies aus dem Hinterhalt, Didi Hallervorden zugeschlagen (»Erdoğan, zeig mich an«), was eine weitere Eskalation der Ereignisse zur Folge haben dürfte. Denn so weit darf Satire wirklich nicht gehen. Plötzlich ist »Je suis Erdoğan« eine nachvollziehbare Solidarisierung geworden, die sich nun sogar die polnische Komödiantin und PiS-Politikerin Beata Szydło zu eigen macht.

Nachdem sie mitbekommen hat, dass sie in Böhmermanns »Be Deutsch«-Video viel zu kurz vorkommt – in einer Bildsequenz beliebter rechtsradikaler Ausländer- und Migrantenhasser von Donald Trump über Geert Wilders, Viktor Orbán und Marine Le Pen bis Frauke Petry ist Szydłos Foto nur für eine einzige Sekunde zu sehen –, ist sie nun ebenfalls stinksauer, total beleidigt und voll aus dem Häuschen.

Bei den anstehenden Feierlichkeiten zum zehnjährigen Jubiläum der deutsch-polnischen »Kartoffelgate«-Affäre – Peter Köhler hatte in der Wahrheit vom 26.6.2006 den damals noch nicht abgestürzten polnischen Ministerpräsidenten Lech Kaczyński als »Polens neue Kartoffel« porträtiert – plant die »Piserin«, wie man sie in ihren Parteikreisen scherzhaft nennt, die symbolische Verbrennung einer Böhmermann-Puppe in Auschwitz, dem Geburtsort Szydłos. Erdoğan ist bereits als Ehrengast geladen und wird gemeinsam ohne Ziege erwartet. Dafür aber mit Gattin Emine Erdoğan – dies freilich nur, wenn sie ein ordentliches Putzfrauenkopftuch trägt, wie man es in polnischen Arbeitnehmerinnenkreisen bis heute zu schätzen weiß.

Was lehrt uns das? Dass Comedians aus aller Welt künftig noch enger zusammenarbeiten müssen, um die Grenzen der Satire und des schlechten Geschmacks Tag für Tag von Neuem auszuloten.

Erkan und Stefan waren gestern, Erdoğan und Jan sind heute – aber welches Power-Pointen-Paar kommt morgen? Augstein und Assad einmal wöchentlich auf dem Ereignisfreikanal *Phoenix*? Olli Welke und Hans-Olli Henkel im täglichen Talkabtausch auf *ZDF Neo*? Claudia Roth und Akif Pirinçci beim fidelen Schlammcatchen im rot-grün-versifften Lesbenhomo-Sumpf? Und das neue Humortrauma-Traumpaar Kim Jong-un und Dieter Nuhr liest uns täglich die Leviten? Dann wird's ganz sicher richtig lustig.

TOUCHÉ by ©TOM
ALLE MAL HERHÖREN!
ES HÄUFEN SICH BESCHWERDEN
VON BESORGTEN BÜRGERN
DARÜBER, IN DEN FALSCHEN TOPF
GEWORFEN WORDEN ZU SEIN.
DAZU FOLGENDES:
WIR SIND NICHT DIE DEUTSCHE
BAHN! WIR KONTROLLIEREN
KEINE TICKETS! NAZIS FAHREN
BEKANNTLICH DIREKT ZUR HÖLLE!
WER AUF DEM FALSCHEN
TRITTBRETT STEHT, LANDET
AUCH IM RICHTIGEN TOPF!

Horst Kawamba-Pukkapäki y Gutiérrez

Von Joachim Schulz

Hotte war unschwer als Spross einer finnischen Mutter und eines Vaters aus Kinshasa zu erkennen. Sein linkes Auge war blau wie ein eisiger Morgen über den Permafrostböden Lapplands, sein rechtes so unergründlich braun wie die Wasser des Kongo. Seine Haut hatte im Gegenlicht die Farbe von durchscheinendem Porzellan, nachts hingegen war sie so schwarz, dass er mit der Umwelt verschmolz und nur das Polarauge in der Dunkelheit strahlte. Daneben hatte er die zackige Nase seines andalusischen Opas, sein rechtes Ohr besaß die Blumenkohlform des friesischen Torfstecherclans, dem seine Oma Aaltje entstammte, und sein linkes Ohr lief spitz zu, dass man in Kenntnis der damals neuen SciFi-Serie »Raumschiff Enterprise« bizarre Vermutungen anstellen konnte.

Doch weder die Lehrer noch wir machten viel Gewese um Hottes Aussehen und den umwerfenden Mix in seinem Genpool. Das änderte sich erst, als ein neuer Kunstlehrer an die Schule kam. Der Mann hatte zehn Jahre lang als Famulus in Joseph Beuys' Atelier für Fettnachschub gesorgt und war außer sich, als er Hotte erblickte: »Du verkörperst die Zukunft der Menschheit, du bist reine Kunst«, rief er: »Du wirst berühmt sein und reich, lass mich nur machen!«

Hotte fand die Idee verlockend, große Leinwände mit Krakelmännchen vollzumalen und damit Reichtum und Ruhm einzuheimsen. Zwar wurde nichts aus der Krakelei, da der Beuys-Schüler auf Installationen spezialisiert war und seinem Partner eine eher passive Rolle zugedacht hatte. Und doch war Hotte gerne bereit, die Sommerferien als Bestandteil einer Skulptur aus alten Autoreifen und leeren Sauerkrautbüchsen in der städtischen Kunsthalle zu verbringen. Es war daher hart für ihn, als er nach den Ferien feststellen musste, dass der Künstler sich mit dem Honorar nach Ibiza abgesetzt hatte und der Ruhm sich auf einen hämischen Zeitungsartikel beschränkte, in dem man ihn als vertrauensseligen Erzdussel porträtierte.

Immerhin lernte er so Naila kennen. Sie war wie er ein Puzzle ihres Stammbaums, sah gleichzeitig aus wie Nofretete, Pippi Langstrumpf und eine Zwillingsschwester von Prinz Charles und war von einem Fotografen um ihren Anteil an einer Kampagne für ein megahippes New Yorker Modelabel behumst worden. »Ab jetzt«, beschloss Hotte, »machen wir selber Kunst: Living Art! Wir werden Kinder zeugen, die noch verrückter aussehen als wir – Krakelmännchen mit karierten Augen!«

Aber auch das ging schief, denn die Gene von Oma Aaltje erwiesen sich als so dominant, dass die Sprösslinge von Naila und Hotte samt und sonders wie blumenkohlohrige Torfstecher aussahen. »Mann, wir wollen doch keine friesische Version der ›Kelly Family‹ erschaffen«, schnaubte Hotte, ließ seine Pläne endlich fahren und wurde Steuerprüfer beim Finanzamt. Wie ich hörte, mit einem besonderen Faible für die Verfolgung von Künstlern und anderen windigen Existenzen.

Schwimmt nicht im Meer, Iren!

Von Ralf Sotscheck

Teresa Mannion ist bei der Oscar-Verleihung leer ausgegangen. Dabei hatte man fest damit gerechnet. Für ihren dramatischen Wetterbericht während des Sturms »Desmond« im Dezember hätte sie den Oscar auch verdient. Mannion hatte live von der Promenade in Galway an der irischen Westküste berichtet, der Sturm wehte sie hin und her, und sie brüllte in die Kamera: »Macht keine unnötigen Ausflüge! Schwimmt nicht im Meer!« Sie sah aus, als ob sie Letzteres gerade getan hätte. Ihr kurzer Liveauftritt wurde umgehend zum Internethit.

Der Wetterbericht nach den Abendnachrichten im Hauptsender *RTÉ* ist ohnehin eine feste Größe im Leben der irischen Nation. Man verpasst ihn nur im äußersten Notfall. Er beginnt stets mit der meteorologischen Zusammenfassung des zu Ende gehenden Tages. Zwar hat man das Wetter selbst erlebt, wenn man den Tag nicht im Bett verbracht hat, aber man hört gern, dass es nicht nur im eigenen Viertel geregnet hat.

Mit Spannung warten die Zuschauer darauf, wie ihnen die Wetterfrösche den nächsten Tag schmackhaft machen. Gibt es ein neues Wort für Regen? Wird das Wetter wechselhaft, wie es seit hundert Jahren ist? Wird es »sonnige Intervalle« geben? Wird Ger Fleming zum Schluss der Nation mit einem Auge zuzwinkern, was ihm viele Heiratsanträge von Frauen eingebracht hat, die glauben, das Zwinkern gelte allein ihnen?

Und welches farblich gewagte Kostüm wird Jean Byrne heute tragen?

Den Schnee am Freitag in Dublin haben sie uns aber nicht prophezeit. Ohnehin ist das Wetter nicht frühlingshaft, sondern feucht, obwohl nach dem keltischen Kalender seit dem 1. Februar Frühling herrscht. An der Westküste sind neue Seen entstanden, wo früher Wiesen und Straßen waren. Meine Nachbarin trug neulich Gummistiefel, die auf halber Höhe einen leuchtend roten Strich aufwiesen. »Wenn die Straße überflutet ist, steige ich aus dem Auto und laufe durch die Pfütze. Bleibt das Wasser unter dem roten Strich, fahre ich weiter. Andernfalls kehre ich um.«

Vier US-Touristen wurde das Wetter vorige Woche zum Verhängnis: Ihr Mietwagen blieb in einer tiefen Pfütze stecken. Doch sie hatten vermeintlich Glück im Unglück. Ein Bauer kam mit seinem Traktor vorbei. Ob er sie aus dem Wasser ziehen könne, fragten die Amis. Kein Problem, meinte der Bauer.

Weil das Wasser so hoch stand, konnte er aber den Haken nicht finden, um das Abschleppseil daran festzumachen. So zog er das Seil durch die Fenster, verknotete es auf dem Dach und band das Seilende an seinen Traktor. Dann fuhr er rückwärts. Im nächsten Moment gab es ein Geräusch, als wenn eine Hose platzt. Es war jedoch das Autodach. Es war abgerissen und lag nun hinter dem Wagen in der Pfütze, während die vier Touristen in ihrem zum Cabriolet mutierten Auto nass wurden.

Der Bauer kappte geschwind das Seil und machte sich aus dem Staub. Was aus den Amis geworden ist, weiß man nicht. Und wie sie der Mietwagenfirma die Sache mit dem Dach erklärt haben, ist ebenso wenig bekannt.

Allein mit Nosferotz

Was geschieht wirklich in der häuslichen Abgeschiedenheit der Quarantäne? Und wer begegnet einem dort?

Von Corinna Stegemann

Als ich Nosferotz zum ersten Mal in meinem Kabäuschen begegnete, sah er recht jämmerlich aus. Seine Augen waren rot unterlaufen, seine Nase triefte, und seine Zähne hätten dringend mal zum Arzt gemusst. Trotzdem nahm ich ihn mit aus der Abstellkammer in die Küche, denn das Mitleid hatte mich am Kragen gepackt.

Kaum dort angekommen, führte sich Nosferotz auf wie der letzte Asi. Als Erstes zog er die Vorhänge zu. Außenwelt könne er nicht ertragen, sagte er. Dann nahm er mir meine Schlüssel ab, um sicherzugehen, dass auch ich nicht mehr hinauskonnte. Er sah sich in meiner Wohnung um und beschloss, ein Weilchen hierbleiben zu wollen. Dann forderte er Bier!

Gott sei Dank hatte ich noch ein paar Flaschen, aber die waren bald weg. Nosferotz soff wie ein Loch. Als das Bier alle war, fingen die Probleme an. Nosferotz wollte sich nicht mit Tee zufriedengeben. Unwirsch trank er auch noch die letzten Vorräte an Portwein, Champagner und Kräuterlikör. Dann hatte er Hunger. Ich kochte ihm Kartoffeln mit Gratin. Mies gelaunt schlang er alles in sich hinein. Die Nudeln konnte ich nicht mal kochen, Nosferotz riss sie mir aus den Händen und verschlang sie mit der Packung.

Dann wollte Nosferotz fernsehen. Ich hielt ihm zögerlich die Fernsehzeitung hin, doch Nosferotz wurde wütend. Ihm einen solchen Mist anzubieten, wäre ja eine Unverschämtheit, tobte er, und seine Augen wurden noch blutunterlaufener, seine Nase triefte wie ein Wasserfall, und seine Zähne wurden fleckig. Außerdem krümmte er plötzlich seinen Rücken, seine Fingernägel schossen wie Pfeile aus seinen Händen heraus, und ich dachte nur: Gott sei Dank hat er Stiefel an! Denn seine nackten Füße wollte ich gerade wahrlich nicht sehen.

Dann musste er auf die Toilette. Er war noch nicht ganz im Badezimmer, als ich auch schon ein gigantisches Fluchen hörte. Irgendwas war offensichtlich mit meinem Spiegel nicht in Ordnung, da wären Zahnpastaspuren drauf, rief er aufgebracht, so etwas könne er gar nicht leiden.

Dann war eine Weile lang Ruhe. Ich wurde schon fast nervös. Seit ich Nosferotz aufgenommen hatte, war es noch keine Sekunde still um ihn geworden. War das ein gutes oder ein schlechtes Zeichen? Ich wusste es nicht.

Ich ließ meine Gedanken in Wellenlinien zurückschweifen. Was hatte ich eigentlich in dem eingangs erwähnten Kabäuschen, jener Kammer gesucht? Langsam stellte sich eine Erinnerung ein: Vor vielen Jahren hatte mir ein uralter Kaufmann auf einem Basar in Marrakesch hinter einem versteckten Vorhang einen Zettel zugesteckt, auf dem eine geheime Botschaft verzeichnet war. Aufgeregt kramte ich in meiner Jeans, die ich seit Marrakesch nicht mehr gewaschen hatte – und tatsächlich! Der Zettel war noch da! Aber die Notiz war in Hieroglyphen geschrieben, ich konnte die Botschaft nicht entziffern.

Schnell warf ich das Internet an. Nosferotz war noch im Bad, er hätte mir sicher nicht erlaubt, eine Suchmaschine zu benutzen. Aber hinter seinem gekrümmten Rücken kontaktierte ich schließlich per Telefon den führenden Experten für verschlüsselte Botschaften. Es dauerte zehn lange und unendlich erscheinende Sekunden, bis Professor Doktor Johannek den Anruf entgegennahm. Seine sonore Stimme beeindruckte mich. Ich konnte durch den Hörer fühlen, wie er sein Kinn walkte und seine Stirn in viele Falten legte. Bei ihm war ich richtig, das merkte ich sofort.

Ich beschrieb ihm die Hieroglyphen auf dem Zettel und merkte, wie dem gestandenen Wissenschaftler der Atem stockte. Dann hörte ich nur noch ein gequältes Stöhnen und wusste sofort, dass der Professor einem Herzinfarkt erlegen war. Mit seinem letzten Hauch flüsterte er: »Ein Kabäuschen, eine Kammer.« Ich fühlte mich schuldig, aber durfte keine Zeit verlieren, die Nachricht war zu brisant.

Nosferotz war mittlerweile aus dem Badezimmer zurückgekehrt und beschwerte sich darüber, dass das Wasser aus dem Wasserhahn floss, er könne fließende Gewässer nicht ausstehen. Ich verkniff mir eine freche Antwort, denn Nosferotz blickte sehr grimmig drein.

Nun wollte er Radio hören, doch alle Sender hatten ihren Betrieb eingestellt. Ich fürchtete Nosferotz' Zorn und begann zu singen, was ihn noch mehr auf die Palme brachte. Er fing an zu spucken und zu fauchen und gebärdete sich wie ein krankes Huhn. Dann begann er, mich ununterbrochen anzustarren und bösartig zu kichern, so als wüsste er etwas, was ich nicht wusste.

Jetzt hatte ich die Nase gestrichen voll und forderte ihn zitternd und bebend auf, meine Wohnung zu verlassen und wieder in sein Kabäuschen zu verschwinden. Er trollte sich, aber nicht ohne vorher meine gesamten Erbsensuppendosenvorräte unter lautem Geschrei aus dem Wohnzimmerfenster zu werfen. Noch Jahre später würden sich die Nachbarn über mich und meinen seltsamen Besucher die Mäuler zerreißen, das war mal sicher. Mir war das schnuppe, obwohl ich mich langsam fragte, ob ich jemals wieder unbeschwert einen Supermarkt betreten könnte.

Heute, Tage später, wache ich noch manchmal tief in der

Nacht auf und denke an den entsetzlichen Nosferotz. Ich bin so froh, dass er endlich fort ist, doch ich hasse mich dafür, dass ich ihm nicht mindestens das Nasenbein gebrochen habe. Wirklich eine vertane Chance!

Stirb langsam in Cottbus

Die unwirtlichsten Unterkünfte der Welt.
Heute: Ein Augenkrebs erzeugendes Hotel
weit im Osten der Republik.

Von Ulrike Stöhring

Eines verhängnisvollen Tages vor zehn Jahren verlangte es das Ehegespons nach Spurensuche in meiner Vergangenheit. Aus dem Westen stammend und an schrägen Abenteuern interessiert, wollte er allen Ernstes nach Cottbus aufbrechen: »Mich interessiert, wie und wo du damals im Osten gelebt hast!« – »Ich komme nicht von da!«, fauchte ich, wurde jedoch augenblicklich von Erinnerungen überschwemmt.

Es gab eine Zeit, da die Energiearbeiterstadt Cottbus tatsächlich Energiearbeiter aufwies und noch nicht durch rechtsradikales Gesamtklima unangenehm auffiel. Wir schreiben die Achtzigerjahre. Ich gebe zu, es stank. Ich gebe ebenfalls zu, dass der ganze Ort um eine notdürftig hergerichtete Fußgängerzone herum bröckelte und niemanden anzog. Außer manchmal Leute auf Arbeitssuche, zu denen mein damaliger Mann und ich nach Beendigung unseres Studiums gehörten. Auch hatten wir ein kleines Kind, eine beheizbare Wohnung musste also her. Sie fand sich im sechsten Stock eines Neubaublocks am Stadtrand mit Blick auf die ödeste Pampa, die die Gegend zu bieten hatte. Im Kindergarten sollte unser Dreijähriger Soldaten in Ausübung von Heimatverteidigung tuschen, und nachts zogen die Kraftwerke von Lübben und Vetschau die Filter aus den Anlagen.

Spätestens am Morgen wurden wir von einem Odeur allerfeinster Katzenscheiße geweckt, kurz: So richtig romantisch war es nicht. Ich kann vielleicht nicht behaupten, dass die Stadt Cottbus allein am Scheitern dieser Ehe die Schuld trägt, würde es aber gern. Es gab also keine echten Gründe, da je ein zweites Mal hinzufahren, außer der Neugier des neuen Mannes. Eines Tages gab ich nach.

Das Land Brandenburg hatte Geld in die Region geschüttet, und so ließen sich die längst arbeitslos gewordenen Kraftwerker mit ihren Bierflaschen auf einem topsanierten Marktplatz besichtigen. Noch kein einziger Flüchtling störte die raue KiK-Idylle mit Sorben-Touch, und auch sonst war man ganz unter sich.

Vermutlich hatte sich deshalb das Hotelwesen der Stadt nur sehr langsam in Richtung westlichen Standards entwickelt, die Auswahl war jedenfalls erschütternd bis nicht vorhanden. Ebenso wenig wie eine Art Nachtleben, was uns schon gegen 22 Uhr unsere Herberge an der Bahnhofstraße aufsuchen ließ. Ein folgenschwerer Fehler! Die einzige sichtbare Mitarbeiterin wünschte uns streng einen angenehmen Aufenthalt, um das Etablissement sodann im Weggehen von außen zu verschließen. Nachtruhe!

Dass das ganze Haus mit einem Augenkrebs erzeugenden Teppichboden in Georgien-Optik ausgeschlagen war, versuchten wir zu ignorieren, indem wir uns verliebt in die Augen sahen und dem Doppelbett entgegenstrebten. Was sich allerdings ganz und gar nicht ignorieren ließ, war der beißende Chemiegeruch, den der Boden ausdünstete und der meinen Kopf wie ein Faustschlag traf. »Ich glaub, ich kriege Migräne«, hörte ich mich sagen und erntete einen Nicht-dein-Ernst-Blick des Liebsten.

Die Hoffnung, auf dem Zimmer besseres Klima anzutreffen, zerschlug sich beim Betreten. An dem Auftrag dieses Hotels hatte sich irgendein Billiggroßmarkt offenbar für Jahre saniert. Die Pest war einfach überall, außer im Bad. Und so verbrachte ich die erste Nacht meines Lebens in der Badewanne, auch hier immer noch nach Luft ringend.

Es ist mir unerklärlich, dass wir es nach kürzester Nacht noch mit dem Frühstück versuchten. Wahrscheinlich hatte uns ein Bezahlt-ist-bezahlt-Zwang von Provinzreisenden befallen. Mein Kopf dröhnte, und mir war übel.

Beim Auschecken beschwerte ich mich ausdrücklich bei der Diensthabenden an der Rezeption. »Oh!«, meinte diese wenig überrascht. »Da sind Sie nicht die Erste. Manche sind halt empfindlich ... Für diesen Fall haben wir eine kleine Entschädigung parat.« Mit einem Blick voller Freude über die Großzügigkeit des Hotels zog sie eine Flasche Rotkäppchen-Sekt unter der Garderobe hervor. Er war lauwarm und halbtrocken. Ihn zu trinken, hätte mir den Rest gegeben.

Marmeladenbrot statt Heulkrämpfe

Der Deutsche Satirerat: Endlich bekommen von beißendem Spott Schwerverletzte hierzulande eine Anlaufstelle für Beschwerden.

Von Volker Surmann

Die Ministerin sei ungehalten, heißt es hinter vorgehaltener Hand im Bundeskanzleramt. Die Oma als Umweltsau im *WDR*, die Majestätsbeleidigung Erdoğans durch Jan Böhmermann, der aktuelle Fall Lisa Eckhart. »Wieso diskutieren wir seit Jahren alle zwei Monate darüber, wie weit Satire gehen darf?«, soll Monika Grütters, Blumenkübel umtretend, getobt haben: »Wieso legt das nicht endlich mal jemand fest? Bei anderen Umweltgiften machen wir das doch auch!«

So könnte nun ein Referentenentwurf zum Tragen kommen, den die Kulturstaatsministerin schon nach der Böhmermann-Affäre ausarbeiten ließ: der Deutsche Satirerat. Nach dem Vorbild von Deutschem Presserat und Deutschem Werberat soll ein unabhängiges Gremium die hierzulande tätigen Satireschaffenden beaufsichtigen und Rügen aussprechen können.

Dr. Bernhard Worm, Ministerialdirigent bei der Kulturbeauftragten des Bundes, erklärt das Funktionsprinzip: »Bürgerinnen und Bürger, die sich von Satire ungerecht behandelt oder verunglimpft fühlen, können sich dann an den Deutschen Satirerat wenden, und der entscheidet, ob diese Wirkung satirisch gerechtfertigt war oder nicht.«

Derzeit arbeite man schon an der Besetzung des Kuratoriums, in dem alle relevanten Religionen, die Politik und die

Medien vertreten sein sollen, aktive Satirikerinnen und Satiriker jedoch nicht. »Man kann ja schlecht den Bock zur Gartenaufsicht machen«, so Dr. Worm. »Aber mit Dennis Scheck ist jemand dabei, der irgendwie was mit Sprache macht und meines Wissens auch schon mal gelacht hat.« Wieso ausgerechnet Scheck? »Das kann ich Ihnen auch nicht so genau sagen, aber der sitzt bei uns in allen Gremien.«

Mit dieser Personalentscheidung ist klar, dass die einzige vorliegende Initiativbewerbung für den Rat unberücksichtigt bleibt. Dieter Nuhr twitterte sofort erbost: »Der Einzige, der in Deutschland weiß, wie Satire geht, bleibt natürlich wieder draußen! #dankemerkel«.

Begrüßt wird der Satirerat von Selbsthilfeorganisationen wie der Kabarettpolizei e. V., einer Gruppe, die Satire- und andere Humorveranstaltungen besucht, um Grenzüberschreitungen und fehlgeleitete Pointen zu dokumentieren. Kabarettkommissar Severin Klotz zeigt sich glücklich: »Bislang mussten wir uns in die Vorstellungen setzen und den Auftretenden danach Mails schreiben oder – noch schlimmer – sie in Gespräche verwickeln. Jetzt können wir sie einfach beim Satirerat anzeigen! Das erleichtert uns die Arbeit ungemein!«

Kritiker monieren hingegen die fehlende Repräsentanz von Ostdeutschen im Satirerat, dabei seien sie doch eine der größten Opfergruppen, so Ronny Dübel vom Deutschen Ostdeutschenverband DOV: »Das ist wieder mal ein Schlag ins Gesicht aller Ostdeutschen, dass wir hier erneut unberücksichtigt bleiben. Menno!«

Für Tomke Meilich wäre der Satirerat hingegen ein weiterer zahnloser Tiger. Sie ist Vorsitzende der Bundesvereinigung Beleidigte e. V. – einem Opferverband für Satirebetroffene. Die vegan lebende Waldorfpädagogin aus Bielefeld weiß »aus eigener Erfahrung, wie es ist, Langzeitopfer von Satire zu sein«. Sie fordert statt eines »behäbigen Ordnungsorgans« ein Gütesiegel für in Deutschland tätige Satirikerinnen und Satiriker. Nur wer garantiert niemandem wehtue, solle in deutschsprachigen Medien Satire publizieren dürfen.

Gemeinsam mit dem Bund katholischer Humoristen und dem Fachverband Krankenhausclowns und Ballontierknetende e. V. habe man das Qualitätsmanagement Verträgliche Satire (QVS) entwickelt, mit dem sich schon jetzt Humorschaffende zertifizieren lassen können.

»Wir stellen uns das vor wie in amerikanischen Filmen«, erläutert Meilich. »Da steht im Abspann auch immer hinter dem Namen, in welcher Berufsvereinigung die jeweiligen Autoren und Kameraleute sind.« So ein Satirelabel schaffe Transparenz im unübersichtlichen Humorsektor.

Natürlich dürfe Satire alles, auch wehtun. »Aber es steht halt nicht jeder auf Schmerzen.« Das sei wie bei Sex und Sadomasochismus. »Ich verurteile das nicht«, sagt Meilich. »Jeder nach seiner Fasson. Aber ich finde: Wer harte Satire will, soll dafür in entsprechende Etablissements gehen. So was gehört nicht in die Öffentlichkeit!«

Ist das die Zukunft von Satire in Deutschland? Beleidigungssessions in Erniedrigungskellern mit Zugangsbeschränkung ab 18? »Wer drauf steht, wieso nicht?«, gibt sich Tomke Meilich tolerant.

Bis dahin fordert sie verbindliche Grenzwerte: »Satire ist das Glyphosat des Humors, es darf nicht überdosiert werden!« Eine interdisziplinäre Forschungsgruppe hat dazu am Tübinger Rudolf-Steiner-Institut für Geschätzte Psychologie eine Reizskala für Satire entwickelt. Studienleiterin Dr. Heidrun Schlick-Merkur erläutert das Resultat der exakten Forschungen: Auf einer Skala von 1 bis 100 beginne der kritische Bereich bei etwa 60 Punkten, ab diesem Grenzwert fühlen sich die Probanden – eine repräsentative Mischung aus protestantischen Gender-Studierenden, alten weißen Reformpädagogen und CSU-nahen Schusswaffenbesitzern – verletzt oder beleidigt, kurzum »von Satire betroffen«. Typische Reaktionen seien Hautrötungen, Heulkrämpfe und Schnappatmung.

Und wo liegt das Optimum? »Der beste Wert für Satire ist 42 Punkte«, sagt Schlick-Merkur. »Das tut niemandem weh, das finden alle irgendwie komisch, darauf können sich alle einigen. 42 ist der perfekte Humor für alle.«

Ob sie das mit bekannten Namen verknüpfen könne? – »Ach, da bewegen wir uns auf einem soliden Level von Dieter Hallervorden, Barbara Schöneberger oder Uli Stein. Alle QVS.« Dieter Nuhr QVS erreiche schon den Wert 50, die Umweltsau-Oma des *WDR* hätte mit 71 Punkten im hochkritischen Bereich gelegen.

Die Studie ist allerdings umstritten. Es bestehen Zweifel an ihrer Unabhängigkeit, kam doch heraus, dass sie aus Drittmitteln der AfD-nahen Leni-Riefenstahl-Stiftung kofinanziert wurde. Bei Ministerialdirigent Dr. Worm treffen die Ergebnisse indes auf offene Ohren. »Satire soll ja Missstände anprangern. Die Frage ist nur: Haben wir in Deutschland zurzeit überhaupt Missstände? Und gesetzt den Fall: Taugen die auch für Satire?« Er könne sich eine Positivliste des Deutschen Satirerats vorstellen. Statt dass in allen Medien ziellos in alle Richtungen herumgewitzelt werde, könnte das Kuratorium Zielvorgaben machen. »Damit würden Wildwuchs in der Satire effektiv verhindert und Kollateralschäden bei unschuldigen Bürgern unterbunden.«

Gefragt nach einem Beispiel auf solch einer Positivliste, muss Dr. Worm nicht lang überlegen: »Wieso fällt ein Marmeladenbrot immer auf die falsche Seite? *Das* könnte Deutschlands Satire-Elite doch mal mit spitzer Feder aufs Korn nehmen!«

Auferstanden aus Rosinen

Was viele heute nicht mehr wissen:
Die DDR gab es wirklich. Früher im Osten.
Dort, wo heute noch die Ostgeborenen zu Hause sind.

Von Fritz Tietz

Spreegurkenkompott an einem Braunkohlebrikett. Spruchbandagitation zum Abgewöhnen. Hochgeklappte Bürgersteige hinter Stacheldraht. Das sind die Bilder, mit denen sich die Deutschen heute an die DDR erinnern. Das Andenken ist geprägt von Cordhütchen, Winkelementen und manischem Nacktbaden. Grauschleier, Gänsefleisch und Broiler sind die meistgenannten Begriffe, die die Siegerdeutschen mit der Zone assoziieren. Und selbstverständlich wissen auch dreißig Jahre danach nur sie, was drüben so abging: »gar nüschts«, wie die Ostler sagen würden, wenn sie was zu sagen hätten.

Sieht man mal vom grünen Pfeil und dem Sandmännchen ab, sind es fast ausschließlich westliche Leitbilder, die heute vorherrschen. Jeder kennt zum Beispiel Fix und Foxi, Lurchi oder Donald Duck. Aber in der Ostzone bestimmten die Puselpöffels, der Gullebär und die Fratzedonkis die Welt der Comics. Die kannte in Westdeutschland niemand. Sie gehören auch heute nicht zum Kanon.

Selbiges gilt praktisch für die ganze ostische Kultur: ihre schrullige Ästhetik, ihre literarischen Ausstülpungen, ihre Pupsmusik. Oder hat man im Westen schon mal was vom Modelabel Sibylle Schick, dem Barfußlyriker Bernd Papenheim-Gewürz oder der Kunstliedvereinigung »Fryhsport« gehört? Weiß man um die Verdienste einer ostdeutschen Avantgarde, wie sie sich in der Dessauer Textillyrik, der Lausitzer Mangelfotografie, dem Niethosenjazz einer »Klaus Dösselmann Combo« oder den legendären Schnurrbart-Cineasten rund um den mehrfach dissidierten Arbeiter- und Bauernfilmer Klaas Broder zeigte?

Jeder DDR-Bürger kannte sein Kinolustspiel »Kollege kommt gleich«, im Westen wurde es nie gezeigt. Und wird nie mehr gezeigt werden können, weil das Filmmaterial, ein in Bitterfeld gefertigtes, leicht entzündliches Gemisch aus Teerpappe und Glyphosat, gleich nach der Übernahme im Sondermülleimer der Treuhand geschreddert wurde.

Niemand auch, der in der DDR aufwachsen musste und nicht die Lieder jener legendären Musikkapelle kannte, die sich von 1958 an bei ständig wechselnden Frisuren ihrer Mitglieder von einem losen Schalmeienschrammelverbund zu einer starkstromgitarrenkreischenden Knatterrockband entwickelte, aber trotz aller Bemühungen um Subversivität (»Herein, herein zum 1. Mai«) erst 1988 die höchstmöglichen Weihen erhielt: das DDR-weite Auftrittsverbot – mit Ausnahme aller evangelischen Kirchen, versteht sich.

Gemeint ist natürlich die Gruppe »Senf« um den Frontmann und Frickeltexter Sandro Senftleben. Seine Lieder »Hoch wie ein Haus soll mein Hochhaus sein« und »Ballade Marmelade« gehören unverrückbar zum musikalischen Erbe Ostdeutschlands. Im Westen hingegen kannte und kennt sie »Keine blöde Sau« (so ein weiterer »Senf«-Titel), was zum einen an der Untanzbarkeit der Songs liegen könnte, vor allem aber mit der Unfähigkeit vieler Wessis zu tun haben dürfte, zwischen den Textzeilen zu lesen und die dort bis zur Unkenntlichkeit versteckten aufrührerischen Inhalte zu begreifen. Das war und ist nur Ostgeborenen möglich.

Und dann ist da noch diese Geschichte, die man immer wieder liest, wenn es um das ruhmreiche Möbeldesign der

DDR geht. Sie spielt auf der Zwickauer Herbstmesse 1957, als Walter Ulbricht die ersten Stühleentwürfe der volkseigenen Sitzmöbelproduktion aus Suhl begutachtete und bei einer Sitzprobe des Küchenstuhlmodells Wilhelm Pieck dieses unter ihm zusammenkrachte. Man hätte angeblich vergessen, die Stuhlbeine festzuschrauben. Zudem seien es aus mangelwirtschaftlichen Gründen nur drei Beine gewesen, das vierte bei der Fünfjahresplanung schlichtweg vergessen worden.

Tatsächlich gehörten die losen Schrauben und das fehlende Bein zum designerischen Konzept dieses Stuhlmodells, das sogar ein Jahr später in Serie ging und in praktisch jedem DDR-Haushalt, nun ja, eher wackelte denn stand.

Nein, es war nicht alles trist, doof und eierschalenfarben »drüben«. Und trotzdem: Die kulturelle Erinnerung in West- und Dunkeldeutschland begegnet sich derzeit allenfalls auf Hosenstallhöhe. Für die jüngeren Zonis ist das kein Problem, sie wissen es nicht besser. Für die älteren aber schon. Und die begehren jetzt auf, werden frech wie Bolle, fordern schamlos sächselnd, dass die Erfahrungen »ihrer« DDR nicht länger abgewürgt werden. Andernfalls, so drohen sie unverhohlen, wählen sie noch rechtsradikaler als sowieso schon.

Vielleicht lassen sich die Wunden, die überall aufplatzen und von den Ostlern mit der ihnen so eigenen Inbrunst auch geleckt werden, nur heilen, wenn Deutschland sein kulturelles Gedächtnis erweitert – dass der Osten nicht nur aus Ruinen auferstanden ist, sondern auch aus Rosinen. Wie aus denen in der beliebten Biersuppe. Ein echtes Schmackofatz für alle Früherfreunde. Für alle anderen einfach nur Erbrochenes.

Spott über Gott

Liberté toujours wie bei Charlie Hebdo*?*
In Deutschland bleiben 100 Prozent Kunstfreiheit immer noch ein frommer Wunsch.

Von Mark-Stefan Tietze

Dass das Massaker von Paris ein Anschlag auf die Presse- und Meinungsfreiheit war, darin sind sich im Augenblick alle Kommentatoren einig. Ganz falsch ist das gewiss nicht; es ist nur leider nicht sehr präzise.

Mit Maschinenpistolen niedergemäht wurden ja keine Leitartikler, die vor den Gefahren des Salafismus für die Demokratie warnen, keine Reporter, die der Finanzierung islamistischer Terrormilizen hinterherrecherchieren, keine islamkritischen Straßendemonstranten oder muslimfeindlichen Internettrolle.

Die abscheuliche Tat galt ausdrücklich den Mitarbeitern eines Satiremagazins. Eines Satiremagazins, das sich in der Vergangenheit immer wieder die Freiheit herausgenommen hat, in schroffen Strichzeichnungen und mit nur wenigen Worten den Islam, den Propheten Mohammed und den Koran zu verspotten – eines Satiremagazins, das traditionell auch mit anderen Weltreligionen und dem politischen Personal Frankreichs auf eine rabiat komische Weise umspringt, die im harmoniesüchtigen Deutschland nur in Ausnahmen denkbar ist und mit Sicherheit auch kein so großes Publikum fände, schon gar nicht wöchentlich.

Mit diesem Programm ist *Charlie Hebdo* auch in Frankreich umstritten gewesen – mit Absicht und völlig zu Recht, wenn man Streit nicht, wie in Deutschland üblich, von vornherein schlecht findet. Satire nimmt unernst, macht sich lustig, gibt ihre Gegenstände der Lächerlichkeit preis, selbst wenn es sich dabei um die Herzensangelegenheiten anderer Leute handelt. Im besten Fall macht sie sich Freunde bei denen, die darüber lachen, und Feinde bei jenen, über die gelacht wird.

Dieses Ziel unterscheidet sich durchaus von denen, für die die Pressefreiheit gewöhnlich in Anspruch genommen wird; daher werden satirische Bilder und Texte in Deutschland meist auch von der Kunstfreiheit geschützt. Dennoch kann und darf Satire nicht damit rechnen, dass ihre Feinde plötzlich mit dem Raketenwerfer vor der Tür stehen, um sie auszulöschen.

Sie lebt davon, dass sie als Satire erkannt wird; vielleicht nicht sofort und von jedem, aber irgendwann oder von irgendwem. Ob aus Jux oder in bester aufklärerischer Absicht – sie will als mehrdeutiges Spiel gewürdigt werden, das die Grenzen zwischen Ernst und Unernst ständig verschiebt und durchlöchert, Bedeutung schillern lässt und somit der Interpretation bedarf. Ob es um Modetorheiten geht oder um die großen weltanschaulichen Fragen – Satire fordert dazu auf, Ambivalenz nicht unbedingt auflösen zu müssen, sondern auch einmal aushalten, ja lustvoll genießen zu können.

Den Terroristen von Paris und, so es sie gibt, ihren Sympathisanten braucht man mit solchen Sophistereien selbstverständlich nicht zu kommen. Ihre Botschaft ist völlig eindeutig: Mit dem Islam treibt man keinen Scherz, sonst wird daraus blutiger Ernst. Doch auch bei uns, wo die Komik seit jeher in keinem großen Ansehen steht, wird zu prüfen sein, ob die plötzliche Liebe der Landsleute zur Satire und ihrer Freiheit, kühne Witze über jedwede Autorität zu machen, die nächsten Wochen überdauert.

In den Auseinandersetzungen der Vergangenheit sah es jedenfalls so aus, als wären große Teile der deutschen Presse eher daran interessiert gewesen, religionskritischen Satiren und Karikaturen den Status des komischen Kunstwerks abzusprechen. Die rhetorische Figur dahinter lautete regelmäßig: Satire darf meinetwegen alles, aber das ist eindeutig keine Satire, darüber kann ich nicht lachen; darum ist es nichts weiter als eine geschmacklose Provokation von Leuten, die sich zu weit aus dem Fenster lehnen und mutwillig unsere Freiheit missbrauchen; wer bei einem so ernsthaften Thema wie den religiösen Gefühlen mit dem Feuer spielt, darf sich über den Flächenbrand nicht wundern, der ihm möglicherweise nicht nur die Finger verbrennt, sondern auch alles andere; also: selber schuld!

Interessant wird es deshalb sein zu sehen, wie sich die freie Presse nach den Morden in der *Charlie-Hebdo*-Redaktion zu ihrer schmutzigen kleinen Schwester, der Satire, verhält und damit auch zum Spott über alles, was Menschen hierzulande lieb und wert ist. Werden Deutschlands Journalisten jetzt nicht nur das Recht der hiesigen Karikaturisten und Satiriker verteidigen, den Islamismus tüchtig aufs Korn zu nehmen, sondern auch jenes Recht, hässliche und geschmacklose Dinge über alle möglichen Sachen zu sagen, die ihnen selber heilig sind?

Werden sie mitsamt den Politikern, die jetzt unter dem Druck der furchtbaren Geschehnisse von einem »Attentat auf unsere Grundwerte« reden, das Recht auf Spott über Gott und Allah und ähnliche Halluzinationen als einen dieser Grundwerte verteidigen? Es wäre auf jeden Fall ein großes Wunder. Und wie das mit Wundern so ist: Wir sollten einfach einmal naiv daran glauben und uns gleichzeitig darüber lustig machen.

TOUCHÉ by ©TOM
WAS IST DAS?
PROBIERT DOCH ERSTMAL!
EIN NEUES REZEPT! HAB ICH IM INTERNET GEFUNDEN.
DU LIEST HASSPOSTINGS ?!

Ein Denkmal für Habermas

Von Reinhard Umbach

Nun trifft man ja nicht jeden Tag einen Helden aus der Welt des Denkens. Aber neulich auf dem Göttinger Bahnhofsvorplatz war es so weit. Ich saß mit meiner Frau auf einer Bank, und wir teilten uns eine Zigarette. Da bemerkte ich eine Dreiergruppe, die mehrfach um das Denkmal herumging, das dort vor Jahren zur Erinnerung an die Göttinger Sieben errichtet wurde.

Die mit dem Monument Geehrten waren zwar ziemlich berühmt wie die Brüder Grimm, die seinerzeit gegen die Einschränkung der Freiheit durch König Ernst August I. von Hannover protestiert hatten. Aber der ältere, sehr weißhaarige Herr neben den beiden Frauen war noch viel berühmter!

Es war Jürgen Habermas, wachhabender Weltgeist, Träger des Prinz-von-Asturien-Preises, des Kyoto-Preises und des Friedenspreises des Deutschen Buchhandels. Trotz seiner 89 Jahre war er sehr wortreich dabei, den Damen das Denkmal zu erklären. Dazu muss man wissen, dass es eigentlich nur aus einem figurlosen Steinquader besteht, der einer Interpretation in der Tat sehr harrt.

Je länger ich die Szene beobachtete, umso aufgeregter wurde ich. Die nächste Zigarette rauchte ich ganz allein und erwog, mir von dem Weltdenker ein Autogramm geben zu lassen. Schon gingen mir die Worte durch den Kopf, mit denen ich mich dem großen Idol nähern wollte, dem vermutlich solch ein Wunsch nicht tagtäglich angetragen wurde. Aber dann bemerkte ich, dass ich gar kein Papier dabeihatte.

Ich fragte meine Frau, die immerhin die Pappummantelung einer Fischdose hervorkramte. Sie meinte allerdings, dass ich als altgedienter Verseschmied dem Professor Habermas doch besser ein Gedicht widmen sollte, als ein Autogramm zu schnorren. Und da fiel mir mein wohlbekannter Vierzeiler ein, den ich einst auf ihn verfasst hatte und den ich sogleich auf die Pappe kritzelte. Er lautet: »Von Sokrates bis Luis Trenker / kennt Europa keinen Denker, / der stur wie Jürgen Habermas / auch sonntags in der Mensa aß.«

Nur beim Wörtchen »stur« stutzte ich plötzlich, denn es schien mir nicht ganz passend. Im letzten Moment fiel mir »stolz« ein – und derart pappbepackt ging ich auf die Dreiergruppe zu, die auch gerade ihr Denkmalkolleg beendet hatte.

»Entschuldigung«, sagte ich, »ich möchte Sie nicht aufhalten. Aber Ihnen, Herr Habermas, würde ich gern ein persönliches Gedicht überreichen, das ich schon auf vielen Veranstaltungen vorgetragen habe.« Er wirkte keineswegs überrascht, sondern sagte nur: »Dann lassen Sie mal hören – und wer sind Sie überhaupt?«

Ich erklärte mich und trug die vier Zeilen vor. Der so Gehuldigte bedankte sich artig und fügte an, besonders schmeichle ihn, dass ich ihn mit Luis Trenker, dem Helden seiner Jugend, in Verbindung gebracht habe. Sokrates schien also nicht so sehr sein Ding zu sein. Und dann nahm er die Fischpappe und steckte sie freundlich nickend ein. In den Weltgeist eingespeist.

Unkraut jäten im Neurosengarten

The show must go on: In Schleswig-Holstein gibt es seit einiger Zeit ein Altersheim für verarmte Künstler. Ein Ortsbesuch.

Von Ella Carina Werner

Man spürt es gleich, sobald man das Eingangsportal des fünfstöckigen, verwitterten Rotklinkerbaus durchschreitet: die Aura, das Prickeln, die Bewusstseinsströme, die über die endlosen Flure wehen. In Bordesholm, in einem idyllischen Landstrich zwischen Neumünster und Kiel, befindet sich Deutschlands einziges Seniorenheim für mittellose Künstler, genannt »Zur letzten Künstlerruh«. Das mit 1.369 Betten bestückte Domizil wird von der Bundeskulturstiftung seit dem Jahr 2002 großzügig unterstützt. Aberhunderte klapprige, abgebrannte Dichter, Bildhauer und Schauspieler vegetieren hier gemeinschaftlich unter einem Dach.

»Immer hereinspaziert!«, ruft Dr. Ingo Botterbusch, studierter Altenpädagoge und engagierter Leiter dieses ungewöhnlichen Heims. Gleich neben dem Eingang befindet sich der Essraum. Frühstück gebe es wie überall von sieben bis zehn, was ein Problem sei, schmunzelt der 42-Jährige, denn kaum jemand stehe hier vor elf Uhr auf. An einer Glastür hängt der Tagesmenüplan: morgens Rührei mit Rotwein, mittags Kaisergemüse oder Fleischkroketten mit Rotwein, nachmittags Zopfkuchen mit Rotwein, abends belegte Brote ohne Rotwein. »Der ist dann schon alle«, kommentiert der Heimleiter und führt uns in den ersten Stock.

Hier hausen die bildenden Künstler. Die Wände der Flure

sind von den Bewohnern farbenfroh gestaltet mit Pastellkreide, Acryl und den eigenen Exkrementen. Von der Decke hängt eine Installation aus übrig gebliebenen Frühstückstabletts. Im Gemeinschaftszimmer malen ein paar unbekleidete Insassen Aktbilder voneinander, »aber gottlob ungegenständlich«, zwinkert Botterbusch.

Es ist 11:30 Uhr, gerade werden die Essenswünsche für den Mittag abgefragt. Irgendwer brüllt, er entscheide nichts ohne seinen Kurator. Ein anderer krakeelt, er sei Gerhard Richter, und es ist wirklich Gerhard Richter, aber das rufen drei andere auch. Wieso denn der echte Richter hier sei, ist der nicht stinkereich?, fragen wir.

»Alles versoffen«, wispert Botterbusch und lotst uns durchs Treppenhaus. Die Bewohner des zweiten Stockwerks hört man schon von Weitem: die Musiker. Von Saxofonisten über Bratschistinnen bis Konzertpianisten ist alles dabei. Es heißt, die Gichtfinger der Pianisten hämmern nachts gegen die Zimmerwände im 4/4- oder 7/8-Takt. Die Köpfe seniler Jazz-Kontrabassisten, die traurig aufgereiht auf dem Flur sitzen, wackeln in spannenden synkopischen Rhythmen. Der zweite Stock ist besonders anstrengend. Wenn man den dritten Stock noch nicht kennt.

Dort liegen auf dem Flur Dutzende reglose Körper herum. Das sind die Schauspieler, die ihren eigenen Tod spielen (ohne zu zwinkern!). »Toll können die das«, verdreht Botterbusch die Augen, das Pflegepersonal sei total abgenervt. Selbstverständlich ist das Klopapier andauernd alle, weil die Schauspieler darin Mumien spielen. Einige Bewohner bewegen sich seltsam abgehackt, weil sie künstliche Gelenke haben oder mimen, sie seien Marionetten an unsichtbaren Fäden. Eine faltige Diva sitzt auf einem Stuhl und klebt sich falsche Wimpern an, rund um die Hühneraugen.

»Halloo, was wollt ihr heute Mittag essen, ihr garstigen Parasiten der Gesellschaft?«, bellt eine ausgebrannte Pflegekraft mit polnischem Akzent. Statt zu antworten, verschließen die Schauspieler pantomimisch die Lippen und werfen die imaginären Schlüssel aus dem Fenster heraus. »Eine besonders anspruchsvolle Station«, bestätigt Dr. Botterbusch. Die Beruhigungstabletten für die Patienten äßen die Pfleger meist selbst: »Die Selbstmordrate unter dem Personal ist auf dieser Etage enorm hoch.«

Im vierten Stock hingegen hocken Trauben von Greisen am Gemeinschaftstisch über billigen Testamentsvordrucken und klagen über Schreibblockaden. Das sind die Schriftsteller. »Die Schriftsteller sind die Schlimmsten«, flüstert der Heimleiter. Oh, wie sie allen auf den Wecker gingen mit ihrer Vanitas, ihren Nichtig- und Eitelkeiten, ewig palavernd über zu hohen Blut- und Erfolgsdruck! Manche Bewohner sprängen zwischendurch aus dem Fenster, nur um darüber zu schreiben. Andere ritzten »originelle« Aphorismen in Tische und Wände, um mal irgendwo Spuren zu hinterlassen, Stichwort Unsterblichkeit.

Der fünfte Stock ist das Dachgeschoss. Statt des üblicherweise unterm Dach angesiedelten Refugiums für die Bohemiens befindet sich dort ein großer Gemeinschaftsraum, in dem die Kreativkurse stattfinden. Von »Kollaborationen mit bunten Tüchern« über »Fingergymnastik für Fagottisten« und »Modellieren mit brüchigen Knochen« bis »Unkraut jäten im Neurosengarten« bleibt keine Passion außer Acht.

Am späten Nachmittag werde der Raum gern für Darbietungen der Bewohner genutzt. So wie heute. Hunderte Stühle stehen bereits aufgereiht, davor eine winzige Bühne. »Im Nachhinein würde ich sagen, man hätte lieber eine sehr große Bühne mit wenigen Stühlen davor installiert, das hätte eher dem Verhältnis von Selbstinszenierung, sprich: Angebot, und Nachfrage entsprochen«, seufzt der Heimleiter Dr. Botterbusch.

Tagsüber, erzählt er, sei es auf allen Etagen manchmal gar ruhig und beschaulich. Richtig lebhaft werde es eher nachts, wenn die heiseren Hassgesänge gegen die Künstlersozialkasse erklängen und die Klingelstreiche begännen – der Schabernack der Comedians und Kleinkünstler, die im Hinterhof eine eigene Zeltstadt errichtet haben, weil sie für das Heim kein Stipendium bekommen haben.

»Bitte, beehren Sie uns bald wieder!«, ruft Dr. Ingo Botterbusch am Ende des Rundgangs, doch genau das werden wir ganz sicher nicht tun. Noch Stunden später kitzelt sie uns in der Nase, diese eigenartig artifizielle Geruchsmelange aus Kölnisch Wasser, Desinfektionsmitteln und ausgekotztem Absinth.

Damit morgen wieder die Sonne scheint

Die Initiative »Aufessen für Deutschland« hat ein Kochbuch mit sehr gewöhnungsbedürftigen Rezepten gegen rechts herausgebracht.

Von Michael-André Werner

»Hier ist das gute Stück«, sagt Markus Schlender strahlend und hält das großformatige Buch in die Höhe. »Aufessen für Deutschland« steht in weißen Lettern darauf, darunter Messer und Gabel gekreuzt auf einem blauen Teller.

»Ja, wie hat das alles angefangen?«, beginnt Markus Schlender. »Ich saß mit Freunden in der Kneipe, und wir sprachen darüber, was man gegen die AfD tun kann: Plakate, Flyer, Aufkleber, mit denen reden, nicht mit denen reden, verprügeln, auslachen. Was einem halt so einfällt, aber dieses ganze Argumentieren, Überzeugen, Zeitungsartikelschreiben und Protestieren bringt ja nichts. Die AfD lacht sich ins Fäustchen, und bei der nächsten Wahl hat sie ein paar Prozente mehr.« Resigniert zuckt der 34-jährige Markus Schlender, gelernter Zerspanungsmechatroniker, mit den Schultern. »Und da sagt der Manni, mit dem ich noch zur Schule gegangen bin, sagt der plötzlich: ›Aufessen.‹ Da wusste ich: Das ist es, und so haben wir die Aktion ›Aufessen für Deutschland‹ gegründet.«

In den folgenden Wochen spricht Markus Schlender Deutschlands Spitzenköche an. Alle sollen ihr Lieblingsrezept beisteuern. Kaum jemand, der nicht mitmacht. So kommt eine erkleckliche Sammlung zusammen. 200 Rezepte – für jeden Geschmack ist etwas dabei: saisonal, regional, für den großen und den kleinen Geldbeutel, für den Profi und den Hobbykoch, sowohl für den Gourmet als auch für den Freund der Hausmannskost. Der Erlös des Kochbuchs kommt den Tafeln zugute. Aber wie kann man mit dem Verkauf eines Kochbuchs gegen die AfD kämpfen, wollen wir wissen.

»Gar nicht«, meint Markus Schlender. »Das Buch ist bloß Beiwerk. Die AfD muss weg, also aufessen das ganze Pack. Da wurde in den vergangenen Jahrhunderten im politischen Kampf viel falsch gemacht. Man hat den Gegner zwar bekämpft und niedergemetzelt, aber die Angehörigen und Sympathisanten haben den Toten dann Denkmäler gebaut, und die Friedhöfe waren dann voller sogenannter Märtyrer. Aber wenn man den Gegner einfach aufisst, gibt es ja keine Friedhöfe. Die letzte Ruhestätte ist der Magen, und der bleibt es auch nicht lange. Der Rest kommt ins Klo und in die braune Tonne.« Aber wäre das nicht Kannibalismus, geben wir zu bedenken.

»Doch, schon«, sagt Markus Schlender, »aber Brecht sagte ja schon: Erst kommt das Fressen, dann kommt die Moral. Außerdem ist es Kannibalismus für einen guten Zweck. Aber weil Kannibalismus hierzulande so tabubeladen ist, haben wir dieses Kochbuch gemacht – damit wir die AfD überhaupt runterbekommen.«

Will Markus Schlender die Deutschen wirklich zu Menschenfressern machen? Schonungslos und investigativ konfrontieren wir ihn mit dieser Frage. »Nein, nein. Die Aktion ist ja zeitlich begrenzt. Die AfD hat etwa 30.200 Mitglieder, die sind quasi mit einem Happs weg. Mengenmäßig wird so was an einem einzigen sonnigen Wochenende weggegrillt. Aber nur grillen wäre ja langweilig, darum gibt es dieses Buch mit vielen leckeren Anregungen. Zum Beispiel Leipziger Allerlei für unsere sächsischen Freunde, dann Cordon Bleu, Chemnitzer Cevapcici, Hamburger Kesselgulasch, aber auch den AfDöner ...«

Das ist alles bedenklich fleischlastig, finden wir. »Ja, und?«, fragt Markus Schlender. »Wir essen doch ohnehin viel Fleisch.

Ich selbst bin ja eigentlich Vegetarier. Aber Vegetarismus oder gar Veganismus bringen uns zurzeit politisch nicht weiter. Jetzt geht es um fressen oder gefressen werden. Wir dürfen uns nach der nächsten Bundestagswahl nicht am falschen Ende der Nahrungskette wiederfinden. Wer heute nur Gemüse isst, hilft den Nazis zurück an die Macht. Da sind wir jetzt alle gefragt, vor allem die Deutschen. Vegetarier kann man in Deutschland erst wieder mit gutem Gewissen sein, wenn die rechte Gefahr vorüber ist.« Markus Schlender ist euphorisch. Bedenken schiebt er beiseite, etwa das Thema Ekel (»Hallo, die Menschen essen Schnecken, Muscheln und neuerdings Insekten. Sie dürfen nicht nur an den ledernen Gauland und die zähe Storch denken, denken Sie lieber an ein saftiges Steak frisch von der Weidel«) oder die Frage, ob die Aktion »Aufessen für Deutschland« – jenseits des Tabus – gesundheitliche Folgen für die Konsumenten haben könnte. Man denke nur an den BSE-Skandal vor ein paar Jahren.

»Nein, gesundheitlich ist da keine Gefahr, die meisten AfD-Mitglieder sind Biodeutsche, und bio ist bekanntlich gesund. Wir machen allerdings eine Ausnahme: Wir haben keine Rezepte mit Bregen ins Buch aufgenommen, also mit Hirn. Da wäre beim Verbraucher vielleicht doch die Angst da, dass ein paar rassistische und faschistische Gedanken auf den Esser übergehen. Das ist natürlich Aberglaube, aber vom Bregen raten wir trotzdem lieber ab. Ansonsten gilt, was immer gilt – das Fleisch muss gut durch sein.«

Markus Schlender stochert noch ein bisschen in seinem Fleischsalat herum, dann steht er auf. »So, ich muss dann mal, ich hab gleich noch einen Fernsehtermin. Und die Bücher kommen ja auch nicht von selbst in die Buchläden. Möchten Sie das aufessen? Sie wissen doch: Aufessen, damit morgen wieder die Sonne scheint.« Wir lehnen dankend ab, uns ist ein wenig übel geworden.

Being Greta Thunberg

Von Heiko Werning

Ich musste schnell noch was einkaufen, bevor die Kinder nach Hause kommen. Nun liegt das Nutella-Glas im Einkaufswagen, ohne das die Kinder nicht nur am Freitag, sondern jeden Tag streiken würden, aber weil sie gerade wegen der Fridays for Future ihr ökologisches Gewissen entdecken, musste ich ihnen versprechen, zum Ablass für ihre Sünde noch ein Päckchen Fairtrade-Biokaffee zu kaufen.

Ich bin spät dran. Leider steht vor der einzigen geöffneten Kasse ein mittelaltes Paar, das den Weg mit sich und seinem Einkaufswagen versperrt. »Sach mal, du Spacken, du solltest doch den Wodka holen, und wo isser nun?«, ruft die leicht lallende Frau dem stark schwankenden Mann zu, der sich erst mal konzentriert über den Wagen beugt. Hatte er wirklich vergessen, den Wodka reinzupacken? Jetzt fällt es ihm wieder ein: »Ich hab den Wodka doch geholt!« Ein Glück, denke ich, dann kann es ja weitergehen.

Aber nicht ganz unberechtigterweise fragt sie: »Aber wo isser dann?« Der Typ antwortet genervt: »Weiß ich doch nicht!«, und schon starren beide wieder abwechselnd ratlos aufeinander und in den Einkaufswagen.

Das kann offenbar noch dauern, also sage ich: »Entschuldigung, würden Sie mich bitte vorlassen?« Die Frau antwortet angriffslustig: »Vordrängeln ist ja wohl das Letzte!« – »Ich will mich doch gar nicht vordrängeln«, versuche ich, die Lage zu deeskalieren. Mit Erfolg, denn jetzt wendet sie sich wieder dem Typen zu: »Du hast den Wodka vergessen, du Pfeife!« – »Ey, ich kann mich doch nicht um alles kümmern!« – »Wir hatten gesagt: du den Wodka, ich den Feigling, aber du hältst dich ja nie an Verabredungen!« Oha, Probleme, denke ich. Worauf der Typ sich zu mir umdreht und sagt: »Hastun Problem, odawas?«

Da nimmt das Gespräch eine überraschende Wendung, denn jetzt sagt sie: »Lass mal, der hat so schöne Augen.« Der Typ und ich, wir gucken sie beide verblüfft an, aber sie hat ihr Urteil gefällt: »Wirklich. Schau in seine Augen! Und schau in seinen Wagen! Leute mit solchen Augen können die Welt retten. Und er kauft Biokaffee.« – »Der will doch nur vordrängeln!«, wehrt der Typ sich empört, und da mir das Ganze allmählich unangenehm wird, gehe ich rasch ein paar Schritte den Gang zurück, schnappe mir eine Flasche Wodka aus dem Regal, lege sie dem Paar in den Einkaufswagen und sage: »So. Und jetzt können Sie doch einfach bezahlen, nicht wahr?« Die beiden schauen kurz überrascht, dann sagt er: »Nee, Meister, kein Problem, kannst gerne auch vor. So eilig ham wir's gar nicht, wa?«

Ich bedanke mich, zahle und höre im Rausgehen, wie sie mir nachruft: »Und jetzt geh mal schön die Welt retten, Schatzi! Ist schließlich Freitag!« Während er sich offenbar wieder an sie richtet: »Sag mal, wolltest du nicht noch den Jägermeister holen?« Fast tut es mir leid, dass ich jetzt schon draußen bin. Ich fürchte, ganz alleine kann ich die Welt leider auch nicht retten. Nicht einmal, wenn ich zu jedem Nutella-Glas eine Packung Fairtrade-Biokaffee kaufe.

Ein Bruchband für Berlin

Warum gab es die Mauer zwischen den beiden deutschen Staaten? Und warum gibt es sie nicht mehr? Oder ist sie noch da?

Von Rayk Wieland

Die Mauer tut mir leid. Das einst so stolze und kühne, alle Welt einschüchternde Bauwerk, das Berlin teilte wie ein Axthieb, wie Moses das Meer, wie eine Mauer eben, rücksichtslos, grobschlächtig, ein klinisch weißes Band aus Beton, grell erstrahlend im Licht der Peitschenlaternen – es ist im Lauf der Jahre zu einem posthumen Touristenspektakel herabgesunken. Über zehn Millionen Besucher sind es inzwischen, die pro Jahr in die Stadt kommen, um eine Mauer zu sehen, die es nicht mehr gibt. Eigentlich müssten die Berliner dem damaligen SED-Chef Walter Ulbricht unendlich dankbar sein für seine Absicht, keine Mauer zu errichten, die erfolgreichste PR-Maßnahme aller Zeiten. Die Mauer, die nicht vorhandene Mauer, ist das Beste, was dieser Stadt passieren konnte.

Alle fünf Jahre versammeln sich Politiker und Medien vor ihren bizarren Überresten, um mit dem Finger auf sie zu zeigen. Die staatstragenden, hochnotpathetischen Weihe- und Gedenkstunden reißen nicht ab. Was die Zeitzeugen in Endlosschleifen erzählen, nervt beträchtlich. Inzwischen weiß wirklich jeder, wo er war, als die Mauer fiel – sogar wenn er damals noch nicht lebte und erst recht wenn er sich an nichts erinnern kann. Allen voran jene Prominente, vor deren Maueranekdoten uns die Mauer bewahrt hätte, gäbe es sie noch.

Jürgen Klopp beispielsweise saß zu Hause, und zwar vor

einem Fernseher. Dort hockte dem Vernehmen nach auch Rapper Smudo und weinte. Angela Merkel, warum auch immer, befand sich in der Sauna. Frank-Walter Steinmeier berichtet, er habe in Gießen an seiner Doktorarbeit gearbeitet. Axel Schulz, falls jemand den kennt, lag allein auf seiner Couch. Wolfgang Stumph hatte zu tun in der Semperoper. Und David McAllister war Wehrpflichtiger in einer Kaserne. Und Volker Schlöndorff flog mit dem Flugzeug über den Atlantik. Und Chris de Burgh kann sich nicht erinnern. Und sogar Anastacia weiß noch genau, irgendwo in den USA vor sich hin pubertiert und vom Mauerfall nichts mitbekommen zu haben.

Damit liegt die Sängerin nicht einmal falsch, das Wort »Mauerfall« ist irreführend. Es klingt nach Erstürmung der Bastille. Aber die Berliner Mauer fiel nicht, an keiner Stelle. Sie öffnete sich zunächst an einigen Stellen und wurde dann porös wie ein altes Bruchband. Vorausgegangen war dem diffusen Diffusionsgeschehen keine friedliche Revolution, es gab weder flammende Reden noch kühne Attacken. Es war allein der dumpfe Druck der Massen – an deren Spitze übrigens keine Idealisten standen, keine Helden. Es handelte sich um Leute, die das Ziel hatten, sich auf der anderen Seite der Mauer mit Bananen bewerfen zu lassen.

Es gibt Bilder, auf denen zu sehen ist, wie Mauerteile von einem Kran nach oben gezogen werden. Kein einziges fiel. Und es gibt Bilder, die zeigen, wie unzählige Menschen sich ein kleines Stück Mauer aus der Mauer pickten. Nicht unbeugsame Bürgerrechtler aus der DDR sorgten für das Verschwinden des Bauwerks, es waren die Souvenirjäger, die es Stück für Stück abtrugen. Die Mauer wurde regelrecht abgenagt, sie wurde ausgeweidet. Ein Ende ohne Würde sicher, ein ruhmloses, ein deprimierendes Ende. Aber kein Fall.

Zu bedauern ist die Mauer leider auch für die Feinde, die sie immer hatte und hat. Nichts war leichter, nichts ist naheliegender, als gegen die Mauer zu sein. Der Hass auf die Mauer ist gratis, er ist ubiquitär. Dementsprechend langweilig und lieblos gestaltet sich die Erinnerung. Ein Mauerdenkmal besteht aus einem fossilen Mauerteil sowie Fotos von anderen Mauerteilen. Manchmal gibt es Linien auf dem Boden, meistens gibt es nichts. Überall in der Stadt gehen Menschen herum, die auf nichts zeigen und sagen, da sei die Mauer gewesen. Am schönsten ist das Nichts vorm Brandenburger Tor, wo es täglich von Aberhunderten bestaunt wird.

Drei, ganze drei Leute fallen mir ein, die zur Berliner Mauer eine von der Weltbevölkerung abweichende Meinung hegen. Einer von ihnen ist tot, der andere wird schräg beäugt, und die Dritte wird für verrückt gehalten. Ich rede von dem Dichter Peter Hacks, von dem Maler Florian Havemann und von der Modellbauerin Eija-Riitta Eklöf-Berliner-Mauer. Die Dame kommt aus Schweden und heißt so, weil sie die Berliner Mauer geheiratet hat. Das war 1979, und auf Wikipedia lässt sich nachlesen, wie diese Ehe geschlossen wurde, nämlich mithilfe eines Animisten, der mit der Mauer kommunizierte und dann stellvertretend für sie das Ja-Wort gab. Die Braut bezeichnet sich als objektophil, damit soll eine »extrem seltene« sexuelle Orientierung gemeint sein, die sich auf unbelebte Gegenstände richtet. Für Eklöf-Berliner-Mauer war es »the best and sexiest wall ever existed«. Seit 1989 ist sie verwitwet.

Florian Havemann, Sohn des DDR-Chefdissidenten Robert Havemann, floh 1971 am Boden eines leeren Tankwagens in den Westen. Wolf Biermann hat diese Flucht damals in dem Lied »Enfant perdu« missbilligt und »Flori Have« als Deserteur bezeichnet. Havemann revanchierte sich später, indem er Biermann ein Bratkartoffelverhältnis mit Margot Honecker nachsagte. Der Mann, zuletzt für die PDS Verfassungsrichter in Brandenburg, gilt als nicht unkapriziös. Zur Mauer hat er klare Ansichten. Sie sei okay, richtig und notwendig gewesen, aber für ihn nicht geeignet, weshalb er habe abhauen müssen.

Das ist ein Argument, mit dem die gesamte DDR-Bevölkerung sich hätte anfreunden können. Die Mauer an und für sich: eine prima Sache, aber bitte ohne uns. Wenn alle so gedacht und gehandelt hätten, wäre aus der DDR ein menschenleeres Land geworden, und in seiner Mitte hätte es ein aus allen Nähten platzendes Westberlin gegeben, eine Frontstadtburg, bewehrt von einem uneinnehmbaren Mauerwall.

Für den Dichter Peter Hacks schließlich war die Mauer das schönste Bauwerk überhaupt. In seinem Gedicht »Das Vaterland« schrieb er »Wer kann die Pyramiden überstrahlen? / Den Kreml, Sanssouci, Versailles, den Tower? / Von allen Schlössern, Burgen, Kathedralen / Der Erdenwunder schönstes war die Mauer. / Mit ihren schmucken Türmen, festen Toren. / Ich glaub, ich hab mein Herz an sie verloren.« Hacks hielt die Gegend westlich der Mauer für unbewohnbar, nach der Wende erwog er eine Guillotine für Bürgerrechtler. Wer hofft, das Gedicht sei ironisch gemeint, irrt. Aber dass es am Sonntag bei dem Bürgerfest am Brandenburger Tor, gemeinsam von Udo Lindenberg, Clueso und den »Fantastischen Vier«, vorgetragen werden soll, ist noch unbestätigt.

Was am Ende bleibt, ist ein für die Nachwelt immer unbegreiflicher werdendes Mauermysterium, das mit Heidegger so formuliert werden könnte: Warum gab es die Mauer überhaupt und nicht vielmehr nicht? Immerhin 28 Jahre war sie da, geduldet, ins Stadtleben integriert, eine architektonische Selbstverständlichkeit, wie für die Ewigkeit einbetoniert. Und jetzt sind es auch schon wieder 25 Jahre, in denen die Mauer mit der gleichen Selbstverständlichkeit komplett wie nie da gewesen weg ist. Falls hier ein Zyklus vorliegt, sollte sich niemand wundern, wenn es in drei Jahren Straßensperren gibt und die Mauer mitten durch Berlin plötzlich aufersteht. Sicher, es gibt keine Anzeichen für diese Annahme. Überhaupt keine. Niemand hat die Absicht ... Alles klar.

Ungeheuer in Stockholm

Die Skandalchronik:
eine unvollständige Auflistung der umstrittensten Literaturnobelpreisträger, die die Geschichte gesehen hat.

Von Valentin Witt

Am Samstagabend findet die Verleihung der Nobelpreise statt. Selten gab es um die Entscheidung der Jury einen solchen Wirbel wie in diesem Jahr. Denn mit Bob Dylan wurde erstmals kein Literat, sondern ein Musiker zum weltbesten Schriftsteller gekrönt – dabei lesen sich doch gerade Partituren furchtbar langweilig.

Aber angesichts der Aufregung, die ob dieser Auszeichnung herrscht, wird leicht vergessen, dass sich die Schweden schon so manchen Paradiesvogel als Preisträger geleistet haben – wie ein Blick in die Historie der Geehrten zeigt.

1201: Das Komitee in Stockholm wählt den Minnesänger **Reinmar** aus und erntet damit den Unmut der im stillen Kämmerlein vor sich hin scribierenden Dichter. Die Literatur sei dem Untergang geweiht, der Nobelpreis keinen Pfifferling mehr wert, schäumt man. Nun sei wohl alles erlaubt! Enttäuscht sind vor allem Epiker Wolfram von Eschenbach und Papst Innozenz III., die von vielen Beobachtern schon länger »auf der Liste« gesehen wurden. Kleine Genugtuung für die Kollegen: Reinmar kann den Zaster nicht persönlich entgegennehmen. Er stirbt auf der Fahrt nach Schweden durch die Klauen eines Ungeheuers mit sieben Köpfen (das Ungeheuer hatte sieben Köpfe, nicht Reinmar).

1544: Der blühenden Literaturlandschaft zum Trotz wird

Martin Luther für seine Übersetzung der Hl. Schrift geehrt. Die Feuilletons spotten, eine Übersetzung sei keine eigenständige schriftstellerische Leistung, sondern Abschreiben in einer anderen Sprache; schon bald ist von »Lutherplag« die Rede. Der fortgesetzte Streit über die Rechtmäßigkeit dieser Verleihung mündet in den Dreißigjährigen Krieg, in dem die Schweden sich schließlich mit ihrer Sicht der Dinge durchsetzen können. Dennoch bleibt der Ruf der Auszeichnung auf Jahre hinaus beschädigt.

1603: Der im Ausland weithin unbekannte britische Dramatiker **William Shakespeare** bekommt einen Anruf aus Stockholm, in dem ihm mitgeteilt wird, sein Kollege Ben Jonson sei der Gewinner des diesjährigen Literaturnobelpreises. In Kontinentaleuropa reagiert man ungehalten und kündigt eine harte Brexekution an. Auch im Nachhinein gilt die Wahl als Fehler, rechnete sich doch zur selben Zeit mit Cervantes in Spanien ein Literat von Weltrang Chancen auf das Preisgeld aus. Verbittert resümiert dieser am Lebensende: »Gegen die Strohköpfe im Norden kommt keiner an, da machste nix. Ein Kampf gegen Windmühlen!«

1804: Mit **Goethe und Schiller** erhält erstmals ein Autorenduo die Nobelmedaille. In einem Brief an Herzog Karl-August zeigt Goethe sich jedoch verärgert, »den Preis mit dem Freund teilen zu müssen, dem nervenlabilen Hypochonder, dieser menschgewordenen Schleimbeutelentzündung«. Ein Zerwürfnis der Schriftsteller kann Schiller dank günstig stehender Gestirne gerade noch abwenden, indem er kurze Zeit später stirbt.

1896: Das Murren in den Literatursalons ist deutlich zu vernehmen, als Gewinner **Winnetou I.** bekanntgegeben wird. Zwar hatte man erwartet, dass Amerika »jetzt langsam dran« sei, doch niemand war von einem indigenen Preisträger ausgegangen. Zeitungen warnen vor einer Spaltung der Gesellschaft durch solchen, dem linken Mainstream vorauseilenden Gehorsam. Der ohnehin schon sehr starke Nationalismus nimmt weiter Fahrt auf. Als Winnetou dann nicht einmal zur Verleihungszeremonie erscheint, ist der Eklat perfekt. Später stellt sich die ganze Sache als Hoax heraus, die Jury gibt an, sie habe »nur etwas testen« wollen. In der literaturwissenschaftlichen Forschung wird die Existenz eines realen Winnetous überdies seit einigen Jahren angezweifelt. So recht mag keiner die Geschichte glauben – wenn da nur nicht diese Filme wären ...

1914: Von der allgemeinen Kriegsbegeisterung euphorisiert, zeichnen die Schweden mit **Rosa Luxemburg** versehentlich eine Frau aus. Ein Fauxpas, der sich zukünftig noch ein halbes Dutzend Mal wiederholen sollte. Von Luxemburgs Werk nehmen die Verantwortlichen erst nach Absenden der Pressemitteilung Kenntnis. Peinlich berührt werden alle Feierlichkeiten abgeblasen, Urkunde und Geld in einer neutralen Paketbombe nach Deutschland geschickt, die vom DHL-Boten wegen Abwesenheit Luxemburgs jedoch bei den Nachbarn abgegeben wird. Als die Sozialistin nach Hause kommt, sind von ihrer Wohnung nur noch Trümmer übrig.

1927: Nach einigen konservativen und allgemein als mutlos empfundenen Entscheidungen überrascht das Nobelpreiskomitee mit der Würdigung eines gewissen **Adolf Hitler** für dessen soeben erschienene Nachdenkschrift »Mein Kampf«. Die »Lügenpresse« (Hitler) spart nicht mit Kritik an der »Emporhebung eines trivialen Lokusliteraten in den Kreis der Dichter von Wälzdrang« *(Frankfurter Rundschau)*. Allerdings sollte die Geschichte der Schwedischen Akademie in diesem Falle ausnahmsweise einmal recht geben: Hitlers Schrift entwickelte sich schon wenig später zu einem veritablen Bestseller und ging als »lebenswahres, mutiges Buch für lange Winterabende in Russland« *(Spiegel)* in die Literaturgeschichte ein.

1951: Durch die Erfahrung des Krieges fällt die Wahl der Jury wieder unpolitischer aus. Stellvertretend für die Millionen Schreibmaschinen, die den Autoren jeden Tag treue Dienste leisten, aber nie je für ihre Arbeit entlohnt werden, bekommt eine **Olivetti** den Nobelpreis für Literatur verliehen. Trotz anfänglicher Sympathien bei einigen Gelehrten fällt das allgemeine Urteil spätestens nach der Dankesrede des Geräts vernichtend aus. Stilistisch und inhaltlich sei das »bestenfalls Durchschnitt« gewesen, »nichts für die Ewigkeit«, ist man sich einig. Insbesondere wird der Olivetti eine »technisch zwar einwandfreie, aber seltsam seelenlose, mechanische Herangehensweise« vorgeworfen.

1999: Einer Pfeife und einem Schnauzbart wird mit dem Preis dafür gedankt, der Weltliteratur kein einziges Wort hinzugefügt und damit den Frieden in der Gedankenwelt ungemein gefördert zu haben. Ärger gibt es trotzdem, weil allgemein angenommen wird, der zu den beiden Gebilden gehörende **Günter Grass** werde in Wahrheit ausgezeichnet. Und bei dem gehören die Bücher schließlich noch zu den harmloseren Dingen, die er verzapft hat.

2016: Die Jury in Stockholm wählt Folk-Opa **Bob Dylan** aus Hunderttausenden von Autoren und erntet damit den Unmut der im stillen Kämmerlein vor sich hin tippenden Internetnutzer. Die Literatur sei dem Untergang geweiht, der Nobelpreis keinen Pfifferling mehr wert, schäumt man. Nun sei wohl alles scheißegal, als nächstes würden dann wahrscheinlich Kim Jong-un oder Joko und Klaas ausgezeichnet. Enttäuscht sind vor allem Philip Roth und Joko und Klaas, die von vielen Beobachtern schon länger »auf der Liste« gesehen wurden. Kleine Genugtuung für die Kollegen: Bob Dylan kann den Preis nicht persönlich entgegennehmen. Schlechtes Karma und Dylans Angst vor einem siebenköpfigen Ungeheuer verhindern die Reise.

TOUCHÉ by ©TOM
FOLGENDE SITUATION: WIR HABEN DIESE PERSON AUS DEM WASSER GEZOGEN.
WAS MACHEN WIR JETZT?
JA, BITTE!
EY, TRAINIERST DU FÜR DIE PARALYMPICS?

Urlaub im besten aller Paradiese

Not macht erfinderisch, die Krise konstruktiv:
Das Auswärtige Amt in Berlin rät allen Bundesbürgern
in diesem Jahr zu Ferien auf Zoom.

Von Harriet Wolff

Heiko Maas bittet alert, doch selbstverständlich ohne Handschlag, hinein. Der amtierende Außenminister hat selber lecker Gebäck für einen winzigen Medientrupp bereitgestellt. Wie immer, wenn der Saarländer Maas Leitlinien seines auswärtigen Weltbildes erläutert, ist die Wahrheit dabei. Der 53-Jährige nestelt am Brillengestell, dann kommt er in seinem Büro am Werderschen Markt in Berlin-Mitte sofort zur Sache: »Der Sommerurlaub 2020 ist keine ausgemachte Sache. Doch bundesdeutsche Touristen brauchen jetzt eine Option.«

Erfahrung mit dem Reisevolk hat der schmächtige Mann mit dem agilen Augenaufschlag reichlich – zu Hochzeiten der Coronakrise saß er nächtelang am Schalter des »Elefand«-Programms. Mittels dessen löste Maas auch noch den letzten Deutschen aus Reisebausteinen in äthiopischen Freizeitparks oder burmesischen Seidenweber-Workshops heraus.

Irgendwann explodierte dabei der Computerserver – persönlich setzte der Minister auf Rosé ein neues rueckholprogramm.de auf. Mit Erfolg, mittlerweile sind alle Bundesbürger landauf, landab wieder heimisch, ja regelrecht häuslich geworden.

»Doch das darf auf keinen Fall so bleiben!«, betont Maas eindringlich und schnippt im Ministerium eine Fliege von seinem gedeckten Zwirn. »Wir Deutschen sind Weltmeister im

An- und Abreisen – das Verreisen haben wir mit der Muttermilch und im Campingvorzelt quasi aufgesogen. Es liegt uns im Traveller-Blut.«

Doch was tun? Jetzt, da der aktive Sommerurlaub aufgrund von Corona weder gebongt noch vorhersehbar geworden ist? Wo werden die Zelte nun aufgeschlagen und die Badetücher zur Frühbelegung hingelegt? Quo vadis, Germania?

Maas hat wie immer, wird es heikel, einen Plan in der Schublade gehegt. Dieses Mal zusammen mit der Gesamtdeutschen Zentrale für Tourismus, der GDZT. Ansässig ist die nicht in Berlin, sondern in der Bembelzentrale Frankfurt am Main, der Hauptstadt des Ebbelwois. Und diesen Plan zieht Maas, dem am bayerischen Ammersee ein Bootshaus auf Aperol-Spritz-Stelzen gehört, jetzt im Beisein der Wahrheit aus der Schublade heraus.

Analog und 867 Gramm schwer sei der Plan, so der SPD-Außen. Was hat der Minister vor? »Die globalen Reiserouten sind aufgrund der vielfältigen Sicherheits- und teilweise weiter geltenden Quarantänebeschränkungen bis tief in den Hochsommer hinein weder plan- noch pauschal buchbar, jedoch allzeit stornierbar«, spannt der Macher den Spannungsbogen. Auch auf sogenannte »Reisekorridore«, wie sie weiland zu DDR-Blütezeiten auf rumpeligen Transitautobahnen funktionierten, sei heuer kein Verlass. »Selbst die ADAC-Mitgliedschaft hilft hier nicht weiter«, so Saab-Fahrer Maas.

Deshalb habe er persönlich und bei einem staatlichen Bembel die Chefin der GDZT, Bianca Mähdorfer, ausführlich kontaktiert. Bei einer Nachtsitzung, nur unterbrochen von Handkäs mit Musik, sei man übereingekommen, »dass Ferien 2020 aufgrund des unübersichtlichen Infektionsgeschehens anders werden als Ferien 2019 oder Urlaub 2029«. Frau Mähdorfer habe schließlich »gegen 4:35 Uhr am Dienstag« die geniale Idee gehabt, dieses Jahr allen Deutschen gratis Ferien auf

Zoom und per Einwahlschalte anzubieten. Bei Zoom handelt es sich um eine weltweite Software für Videokonferenzen, die jeweils ersten 40 Minuten sind dabei kostenlos.

Er, Maas, sei trotz der fortgeschrittenen Stunde sofort nachhaltig angetan von der Idee gewesen. Urlaub rein digital, das bedeute bei An- und Abreise sowie bei Mobilität am Ferienort gen null gehende umweltschädliche Emissionen. »Vor allem aber«, so der studierte Saarländer, »verheißt Urlaub auf Zoom ein gestochen scharfes und nur manchmal verwackeltes Eintauchen in nahe und ferne Erlebniswelten.« Der soziale Sicherheitsabstand via Bildschirm und ein für alle Seiten angenehm getaktetes Aufenthaltszeitfenster von je 40 Minuten seien »weitere tolle Assets für Ferien 2020«. Und das Beste: Die garantiert covidfreie, natürlich schwer verdiente Auszeit auf sämtlichen digitalen Endgeräten kommt Maas zufolge »dem knauserigen deutschen Weltenbummler entgegen«.

Der bekennende Moselsteig-Geher rechnet bei einem Schluck Cidre aus der amtseigenen Thermoskanne vor: »Gehen Sie von einem durchschnittlichen deutschen Sommerurlaub à 14 Tage aus. Das macht in Minuten 20.160. Dividieren Sie diese Zahl durch je 40 Minuten Zoom-Ferien. Macht 504 kostenfreie Kurzurlaube! 504! Alle 40 Minuten entdeckt ein Deutscher so ein gratis Reiseziel auf Zoom – sei es die Altstadt von Malé auf den Malediven, die Kieler Förde oder die Reste von Rimini!« Gegen einen geringen Aufpreis von 49 Euro inklusive reduzierter Corona-Mehrwertsteuer lassen sich laut Maas die 504 virtuellen Reiseziele vorher auch individuell festlegen. Ansonsten lautet das digital zufallsgenerierte Motto: »Wohin die Reise geht«. Stullen und Fanta müsse allerdings jeder privat und in Echtzeit mit sich führen.

Ob Single-Ferien per Einzelbildschalte oder Splitscreen für Pärchen, ob Studienreise mit kulturellen Untertiteln oder mal ein 40-minütiger Solo-Trip »Happy Hour«, falls die Reisegruppe nervt: »Ferien auf Zoom hat für jeden was im Gepäck«, so ein sichtlich angetaner Außenminister. Der Moment entfalle »ersatzlos«, wo einem der gebuchte, sonst überteuerte Urlaub »da draußen« auf die Nerven gehe. Umso »witziger« seien deshalb Zoom-Schalten in sinnlose ägyptische Souvenirshops oder auf digital unverkrampfte Umarmungen mit Crêpe-Corinne in Kerala.

»Wir sitzen doch alle im selben Boot«, fasst Maas die gefühlte Ferienlage 2020 zusammen. »Egal ob in Oberammergau, auf dem Oberdeck oder in Ostwestfalen.« Hauptsache, das Boot ist kein Kreuzfahrtschiff!

Ob auch Übernachtung mit Frühstück, also Ü/F, bei Ferien auf Zoom eingepreist sei, wollen wir zum Ende des Pressegesprächs am Werderschen Markt wissen. »Selbstverständlich!«, saarländert Maas zurück. 168 der 504 Kurzurlaube seien für Z/F vorgesehen, also für Schlafen am Schirm und in diversen Herbergen sowie virtuelles Anstehen am Frühstücksbüfett.

Langschläfer sollten am besten per Laptop verreisen und in jener Zeit an der realen Wohnungstür das Schild »Bitte nicht stören!« baumeln lassen. Und wer grantig werde, falls die Putzfrau das Zoom-Zimmer betrete, ohne anzuklopfen, der könne vorab eine Reiseversicherung auf Zoom abschließen. Diese beinhaltet laut Heiko Maas auch eine Rückholaktion in die Realität – und ein lang anhaltendes Urlaubsgefühl 2020. Allen Widrigkeiten zum Trotz.

Nackte Kokeljockel

Wer nichts kann, wird Feuerwehrmann!
Warum sind Feuerwehrmänner solche Komplettversager?
Eine dringend notwendige Brandrede.

Von Tim Wolff

Der Volksmund lügt nicht: Wer nichts wird, wird Wirt! Wer nichts kann, wird Feuerwehrmann! Nichts muss man wissen, keine Sekunde in der Schule aufgepasst haben, nichts Vernünftiges gelernt, um Feuerwehrmann werden zu können. Ein paar Muskeln zum Schlauchstemmen, ein paar Augen zum Entdecken von etwas, das kilometerweit den Himmel vernebelt, Ohren zum Hören der Alarmbimmel und eine kindische Begeisterung für Uniformen und Rutschstangen, viel mehr braucht es nicht. Vielleicht noch eine Schuhgröße, die die Stiefelbeschaffung nicht zu kompliziert macht. Der Rest wird immer mal wieder in ein paar Tagen eingedrillt – in den Pausen von Besäufnissen.

Und trotzdem werden die Brandbekämpfer für die ordinäre ordnungsgemäße Durchführung ihrer Aufgaben gefeiert und bejubelt, wie es Paketboten nie passieren würde, obwohl die sich auch in die gefährlichsten Gebäude begeben. Feuerwehrmann ist ein so einfacher Job, dass sogar Donald Trumps Einmischung in ihn ausnahmsweise nur dumm wirkt, statt wie bei allem anderen saudumm. Eine so inferiore Arbeit ist es, dass man sie auch freiwillig erledigen darf, eine, für die es also ganz offensichtlich keine Profis braucht, sondern nur geltungssüchtige Freizeitmacker. Feuerwehrleute sind, bei Lichte betrachtet, in etwa auf dem intellektuellen Niveau von Schrebergartengrillern, Barbiergängern oder Slacklinern – nur nicht immer so engagiert.

Klar, Feuerwehrmänner scheuen nicht die Gefahr, setzen sogar gelegentlich ihr Leben aufs Spiel. Aber würden Gymnasiallehrer, Immobilienmakler und VW-Manager nicht auch an- bis verbrennen, wenn man sie ins offene Feuer schickte? Eine Leistung ist es sicher nicht, so blöd zu sein, in einen scheißheißen Brand zu rennen, statt von ihm weg. So etwas machen normale Menschen nicht, nur Simpel, denen der Verstand abtrainiert wurde – falls je welcher vorhanden war.

Sich in Gefahrenzonen zu begeben, möglichst nah an einen Unfall, an einen Notfall ranzukommen, das wird zu Recht gesellschaftlich geächtet, die Verbreitung dieser Unsitte vom Boulevard bis in die feinen Stuben beklagt. Aber was machen Feuerwehrleute? Hin, immer hin, mitten rein wollen sie! Gaffer in Schutzklamotten, viel mehr sind sie nicht. Rettungsgassen-VIPs wollen sie sein, anderen Katastrophenjunkies voraus, um ihnen Kommandos geben zu können. Selfiejäger mit Axt, Helm und einer Affinität zu Hydranten. Wie Hunde sie auch haben. Nein, das geht zu weit, wird Hunden nicht gerecht.

Feuerwehrmänner sind vor allem Männer! Richtige Männer, unter die sich aus gutem Grund kaum Frauen mischen: toxische Männlichkeit, geschützt durch die Wichtigkeit der Aufgabe. Kerle sind es, die einen Schlauch rollen, anschließen, werfen und halten können – und trotzdem ständig darauf stehen, weil sie eben meist doch ein wenig bis ziemlich arg doof sind.

So doof, dass sie Kopf und Kragen riskieren für ein bisschen Anerkennung und Ehre, aber für viel, viel zu wenig Geld. Welch zugerichteter Geist, welch stolzer Untertan muss man sein, welch durchgekohlter Schädel, dass man seine leicht entflammbare Haut für eine Gesellschaft hinhält, die Investmentbanker und Youtuber reich macht, während man selbst von netten Tweets, mitgebrachtem Kuchen auf dämlichen Feuerwehrfesten und den Erlösen von Pin-up-Kalendern lebt?

Statt einmal die Bekämpfung von Bränden, die Feuerwehrleute ja ohnehin allzu oft selbst legen, in gesellschaftlich relevanten Gebäuden so lange abzuwarten, bis angemessene Bezahlung eintrifft. Aber nein, da, wo bei anderen der Verstand sitzt, wütet beim Kokeljockel der Heroismus. Und vermutlich würde er beim nächsten Kalender lieber noch nackt mit Karpfen an der Stange tanzen, als einmal Stunk machen. Also solchen, der nicht nur Nachbarn nervt.

Es handelt sich um erwachsene Menschen, die sein wollen wie »Feuerwehrmann Sam« – eine unerträgliche Kinderfernsehfigur. Ein makelloses, vor pädagogischem Eifer und penetranter Rechtschaffenheit strotzendes Nichts, das jede verstandesfähige erziehungsberechtigte Person ihren Kindern nur so lange zumuten sollte, wie es noch um das Erlernen von gesellschaftlichen und sozialen Mindeststandards wie »Halte keine Kerze an einen Vorhang« geht, aber von ihnen unbedingt fernhalten muss, wenn man keine todlangweiligen Fassaden hervorbringen will oder gemeingefährliche Psychopathen.

Denn wäre besagter »Feuerwehrmann Sam« ein echter Mensch, ein derart fehlerfreier Retter und Mahner, einwandfreier Kumpel und strahlender Held, das Dunkel, das hinter seiner Fassade schlummerte, wäre so schwarz, man würde seinen Nachwuchs niemals in die Nähe dieses frauen- und kinderlosen Onkels lassen – so wie man es bei echten Feuerwehrleuten eben auch nicht tun sollte. Sofern man seine Kinder liebt.

Stromabwärts im Raum-Zeit-Kontinuum

Von Dietrich zur Nedden

Neulich – es wird ein lauer Sommerabend gewesen sein – nähert sich ein Freund, seines Zeichens diplomierter Geologe, dem Bonner Rheinufer. Stromabwärts sieht er einen Frachter namens »Newton«. Einen winzigen Augenblick später fährt stromaufwärts ein Schiff namens »Einstein« vorbei.

Je nach Gemütslage des Betrachters ist diese Begegnung, so er sie überhaupt bemerkt, ein kurioser Zufall oder ein Wunder inmitten des Alltags. Der Freund wiederum hatte sich bereits bei dem Rendezvous mit »Newton« gefragt, wie das Zeichen zu entziffern wäre. Nun hatte sich »Einstein« dazugesellt! Zunächst also das klassische Konzept der absoluten Zeit und des absoluten Raumes, danach die Relativität des Raum-Zeit-Kontinuums jüngeren Datums.

Diese physikalischen Begriffe kann unsereins zwar miteinander verknüpfen, versteht sie jedoch eher fragmentarisch. Immerhin fühlt man sich durch solche letztlich profanen Anekdoten bestätigt, dass nämlich das, was wir Wirklichkeit nennen, bisweilen sonderbarer anmutet, als es sich konventionelle Romane erlauben dürfen. Die müssen sich an Wahrscheinlichkeiten halten, die Wirklichkeit nicht.

Nahe dieser Episode entsann ich mich des »Atlas der entlegenen Inseln« von Judith Schalansky. Dem aparten Buch ist ebenfalls ein Stück Imagination auf einer realen Grundlage zu entnehmen. Es ist die Geschichte von Marc Liblin, geboren in den Ausläufern der Vogesen. Im Alter von sechs Jahren beginnen ihn Träume heimzusuchen, die ihn eine obskure Sprache lehren. Später zieht Liblin in die Bretagne. Als er 33 Jahre alt ist und noch immer das Vokabular beherrscht, möchten Wissenschaftler von der Universität Rennes dieses Rätsel lösen.

Nach zwei unnützen Jahren warten sie eines Tages mit dem Einfall auf, Matrosen in Kneipen zu befragen, ob sie dieses Kauderwelsch an etwas erinnert. Liblin hält in seiner Traumsprache einen Monolog, ein ehemaliger Marineangehöriger unterbricht ihn. Er habe diese Sprache in Französisch-Polynesien gehört, genauer: auf der Insel Rapa Iti. Übrigens lebe eine Frau unweit in der Banlieue, die geschiedene Ehefrau eines Offiziers, die daher stammt. Nichts wie hin. Sie öffnet Liblin die Tür, er sagt Sätze in der Sprache, die ihm eingegeben ist, sie antwortet »in dem alten Rapa ihrer Heimat«. Sie heiraten und ziehen auf die Südseeinsel, wo er 1998 stirbt, nachdem er dort 15 Jahre als Sprachforscher und Lehrer verbracht hat.

Doch, doch, es gab diesen Mann. Er hat in Fachzeitschriften Artikel geschrieben, man stößt auf ein Foto, das ihn und Meretuini Make, seine Ehefrau, zeigen soll. Ob allerdings seine Version im Detail stimmig ist; vor welchem Hintergrund die Frau Liblins Sprache wahrhaftig identifiziert hat; was die Universität Rennes dazu sagt und weitere Fragen lassen wir in diesem Fragment inmitten der Raumzeit offen.

Eines bloß ist gewiss: Mitunter bewegen dich Gründe und Ereignisse, aus denen der Wunsch erwächst, auf eine Insel zu entfliehen, wie abgeschmackt dieser Wunsch auch sein mag.

Kultivierte Kommunikation am Arsch

Von Jenni Zylka

Der Weg zur Universalgelehrten ist lang und steinig. Um möglichen Kommunikationspartnern gegenüber mein Ziel zu verdeutlichen, habe ich jetzt jedoch ein paar neue, meiner Ansicht nach besonders kultiviert klingende Begriffe in den aktiven Wortschatz aufgenommen.

Zum Beispiel reserviere ich für zwei Freundinnen und mich in der Pizzeria nicht mehr »einen Tisch für drei«, sondern antworte auf die Frage, wie viele Personen speisen wollen: »Jenni selbdritt.«

Selbdritt, wir designierten Universalgelehrten wissen das, bedeutet »zu dritt« und stammt aus der christlichen Ikonografie, auf den »Anna selbdritt«-Gemälden ist Anna, die Mutter Marias, zu dritt beziehungsweise mit zwei weiteren Personen zu sehen – ihrer Tochter und ihrem Enkelsohn. (Der Berliner Band »Stereo Total« würde die Textzeile »Ich liebe Liebe selbdritt« ebenfalls vorzüglich stehen.)

Überdies benutze ich verstärkt Fremdwörter, auch wenn das auf den ersten Blick deplatziert, kontraindiziert oder inadäquat erscheinen mag – sie klingen notabene schlichtweg ingeniöser.

Inhaltlich halte ich mich in Diskussionen eh verstärkt an universalgelehrtenaffine Sujets, etwa die Frage nach der Authentizität von Luthers Tintenfleck, den der Theologieprofessor bei einem Wurf mit seinem Tintenfass nach dem Teufel, der ihn im Winter 1521/1522 auf der Wartburg heimsuchte, verursacht haben soll: Der Fleck ist natürlich echt, denn dass ein Tintenfass bei einer Kollision mit Hörnern zerbricht, ist nur logisch.

Gern bringe ich auch Theorien über den oder die Hersteller der Himmelsscheibe von Nebra zu Papier (meine Ansicht differiert zu der in der Wissenschaft üblichen, der bestattete Fürst des Grabhügels von Bornhöck sei der Herr der Himmelsscheibe – ich kann nämlich beweisen, dass sie von einem Aunjetitzer Kind mit einem kleinen steinernen Spielklotz in die Platte gekloppt wurde, bei einer bronzezeittypischen Version von »Punkt, Punkt, Komma, Strich«).

Mit Aplomb werfe ich zudem in letzter Zeit en passant Gallizismen in die Welt, vor allem das Wort »Champagner« (für »Getränk«) nutzte ich tant de fois, eigentlich toujours. Ich glaube nämlich, dass quod licet iovi, non licet bovi, und Latein kann ja heutzutage eh jeder Comicfreak.

Aus meiner Handtasche lugt zusätzlich neuerdings meist eine (zu seinem 100. Geburtstag als süße Taschenbuchversion erschienene) Ausgabe von Hans Blumenbergs Schrift »Paradigmen zu einer Metaphorologie« heraus, ich habe das Büchlein ordentlich mit Eselsohren versehen, damit es gelesen wirkt.

Und unter meine Mails habe ich ein neues Aperçu gesetzt, das die Intentionen unterstreicht. Früher stand da: »Seltsam? Aber so steht es geschrieben.« Heute zitiere ich Oscar Wilde: »Oft führe ich lange Selbstgespräche, und ich bin so gescheit, dass ich von dem, was ich sage, manchmal kein einziges Wort verstehe.« Ich bin aber nicht ganz sicher, ob ich das richtig verstanden habe.

Verzeichnis der Autorinnen und Autoren

Christian Bartel (Jahrgang 1975) lebt und arbeitet als freier Schriftsteller in Bonn. 2018 wurde er mit dem »Ben-Witter-Preis« ausgezeichnet. Letzte Veröffentlichung: »Ich bin nicht in meinem Alter«, Satyr Verlag: 2021.

Michael Bittner (Jahrgang 1980), geboren in Görlitz, lebt als freier Autor in Berlin. Liest regelmäßig bei »Sax Royal« in Dresden sowie »Zentralkomitee Deluxe« und »Phrase & Antwort« in Berlin. Jüngstes Buch: »Der Bürger macht sich Sorgen«, edition AZUR: 2017.

Thilo Bock (Jahrgang 1973) ist Geschichtenvorleser, Brauseboy, Lyriksammler, Dadaversteher und Berliner. Drei Romane und dreieinhalb Erzählungsbände, zuletzt: »Der Berliner ist dem Pfannkuchen sein Tod«, Satyr Verlag: 2019.

Thomas C. Breuer (Jahrgang 1952) lebt in Rottweil und bereiste über vier Jahrzehnte als Kabarettist Bühnen in Deutschland, der Schweiz und Nordamerika. 2014 erhielt er mit dem »Salzburger Stier« den bedeutendsten Radio-Kabarett-Preis im deutschsprachigen Raum.

Laura Brinkmann (Jahrgang 1996) lebt und studiert in Hamburg. Neben der *taz* schreibt sie für die Fernsehsendung »extra 3« und das Satiremagazin *Titanic*.

Katinka Buddenkotte (Jahrgang 1976) lebt und schreibt kurz vor Köln, beides meist komisch. So entstehen Romane, Kurzgeschichten, Bühnenprogramme oder Zeugs fürs Fernsehen.

Fritz Eckenga (Jahrgang 1955) belebt, wenn er nicht woanders ist, Dortmund. Er arbeitet als Autor und Tourneekünstler. Zahlreiche Auszeichnungen, u. a. »Salzburger Stier«. Letzte Veröffentlichung »Eva, Adam, Frau und Mann – da muss Gott wohl noch mal ran«, Verlag Antje Kunstmann: 2020.

Eugen Egner (Jahrgang 1951) lebt und arbeitet als freier Autor, Zeichner und Musiker in Wuppertal. 2003 erhielt er den »Kasseler Literaturpreis für grotesken Humor«, 2011 den »Bernd-Pfarr-Sondermann-Preis für Komische Kunst«. Letzte Veröffentlichung: »Ihr Radio hat eine wichtige Nachricht für Sie«, Verbrecher Verlag: 2021.

Leo Fischer (Jahrgang 1981) lebt als Autor und Kolumnist in Frankfurt am Main. Er ist einer von neun überlebenden *Titanic*-Chefredakteuren und der bisher einzige, der von einem Papst verklagt wurde. Zuletzt erschien von ihm der Lebenshilfe-Ratgeber »Der Kaffee am Arsch der Welt«, Riva Verlag: 2019.

Susanne Fischer (Jahrgang 1960) arbeitet als Geschäftsführender Vorstand der Arno Schmidt Stiftung in Bargfeld. 2013 wurde sie mit dem »Ben-Witter-Preis« ausgezeichnet. Letzte Veröffentlichung: »Norddeutsche Nebentischreportagen«, Zweitausendeins: 2019.

Arno Frank (Jahrgang 1971) lebt und arbeitet als freier Journalist und Schriftsteller in Wiesbaden. Letzte Veröffentlichung: »Bremsklotz«, in der Anthologie »Klasse und Kampf«, Ullstein: 2021.

Pia Frankenberg (Jahrgang 1957) ist Filmregisseurin, Drehbuch- und Romanautorin. Sie lebt und arbeitet in Berlin.

Torsten Gaitzsch (Jahrgang 1981) lebt und arbeitet als *Titanic*-Redakteur in Frankfurt am Main. Diverse Veröffentlichungen. Blog: Kybersetzung.net.

Bernd Gieseking (Jahrgang 1958) ist Kabarettist, Autor und Ostwestfale und lebt inzwischen wieder in Minden. Er schreibt Bücher und Hörspiele für Erwachsene und Kinder, 2019 wurde er mit dem »Peter-Hille-Literaturpreis« ausgezeichnet. Letzte Veröffentlichung: »Finne dein Glück!«, Fischer Verlag: 2021.

Severin Groebner (Jahrgang 1969) ist Wiener von Geburt und Frankfurter durch Schicksal. Er ist Kabarettist und Autor und sowohl im TV zu sehen (z. B. in der »Anstalt« oder im »Schlachthof«) als auch im Radio zu hören (u.a. *Bayern 2, Ö1, WDR*). Er schreibt außerdem eine wöchentliche Kolumne in der *Wiener Zeitung*.

Thomas Gsella (Jahrgang 1958) lebt in Aschaffenburg, Québec und Neu-Delhi. Letzte Veröffentlichung: »Ich zahl's euch reim. Neue politische Gedichte«, Verlag Antje Kunstmann: 2021.

Michael Gückel (Jahrgang 1981) lebt und arbeitet als Journalist und Autor im oberfränkischen Leupoldsgrün. Letzte Veröffentlichung (als Mikael Lundt): »Fressfeind«, BOD: 2019.

René Hamann (Jahrgang 1971) lebt und arbeitet als freier Journalist und Autor und Teilzeitredakteur für die Wahrheit in Berlin. Letzte Veröffentlichung: »Die Verwertung«, Elif Verlag: 2021.

Uli Hannemann (Jahrgang 1965) lebt und schreibt in Berlin. Letzte Veröffentlichung: »Oh nee, Boomer«, Satyr Verlag: 2020.

Patric Hemgesberg (Jahrgang 1973) lebt in der Nähe von Bonn, arbeitet als Erzieher für schwerst- und mehrfachbehinderte Erwachsene und wurde 2019 mit dem Lyrikjurypreis »Mehlemer Pfiff« in Bad Godesberg ausgezeichnet. Buchveröffentlichung: »Tor zur Hölle. Bitte leise schließen«, Ferber-Verlag: 2004.

Gerhard Henschel (Jahrgang 1962) ist freier Schriftsteller. Letzte Buchveröffentlichungen: »SoKo Fußballfieber« und »Schauerroman«, Hoffmann und Campe: 2021.

Helmut Höge (Jahrgang 1947) arbeitete zunächst als Übersetzer und Tierpfleger in Bremer Zoos, studierte dann Sozialwissenschaften in Berlin und Bremen. Seit 1971 ist er journalistisch tätig, 2002 fing er an, mit Freunden Biologie zu studieren, seit 2012 gibt er im Verlag Peter Engstler die Tierbuchreihe »Kleiner Brehm« heraus, zuletzt veröffentlichte er 2020 dort einen Band (Nr. 14) über Eisbären.

Jan Kaiser (Jahrgang 1976) ist von Hause aus Jurist und schreibt aus Leidenschaft komische Lyrik sowie Kinderbücher für diverse Verlage. Mehr unter www.jan-kaiser.info

Francis Kirps (Jahrgang 1971) lebt und arbeitet als freier Autor in Luxemburg. Für »Die Mutationen« (Hydre èditions: 2019) wurde er mit dem European Union Prize for Literature und dem Servais-Preis ausgezeichnet. Letzte Veröffentlichung: »Eber im Nebel«, Satyr Verlag: 2021.

Tanja Kokoska (Jahrgang 1970) leitet die Magazin-Redaktion der *Frankfurter Rundschau*. Letzte Veröffentlichung: »Juli verteilt das Glück und findet die Liebe«, Heyne: 2018.

Peter Köhler (Jahrgang 1957) lebt in Göttingen. Letzte von ungefähr 40 Buchveröffentlichungen: »Leonardos Fahrrad. Die berühmtesten Fake News von Ramses bis Trump« (Beck-Verlag). Als Nächstes werden im selben Verlag seine ausgewählten Sprachglossen aus der taz erscheinen.

Kriki (Jahrgang 1950) lebt als freier Collagist und Cartoonist in Berlin. Aufsehen erregte seine Ausstellung »Suspekte Objekte« 2021 in der Galerie »Bunter Hund«. Die Galerie musste anschließend schließen.

Elmar Kraushaar (Jahrgang 1950) lebt und arbeitet als Journalist und Autor in Berlin. Letzte Buchveröffentlichungen: »Freddy Quinn – Ein unwahrscheinliches Leben«, Atrium Verlag: 2011, und »Störenfried – 40 Jahre Homojournalismus«, Querverlag: 2016.

Tanja Küddelsmann (Jahrgang 1968) lebt und arbeitet in Oldenburg hauptberuflich als Literaturübersetzerin aus dem Finnischen, daneben Tätigkeit als freie Lektorin, Finnischlehrerin und Autorin.

Hartmut El Kurdi (Jahrgang 1964) lebt in Hannover und schreibt Theaterstücke, Hörspiele, Geschichten und Kolumnen. Außerdem arbeitet er als Rezensent, (Theater-)Musiker, Performer und Dramaturg.

Fabian Lichter (Jahrgang 1987) lebt und arbeitet als freier Autor in Offenbach. Er ist Kolumnist für *Titanic* und schreibt für die *taz* und *extra 3*.

Philip Meinhold (Jahrgang 1971) lebt und arbeitet als Journalist und Schriftsteller in Berlin. Zuletzt erschien sein Buch »Erben der Erinnerung«, Verbrecher Verlag: 2015.

Jürgen Miedl (Jahrgang 1988) lebt in Graz. Er schreibt für das Satiremagazin *Titanic*. Letzte Veröffentlichung (mit dem Wiener Satirekollektiv »Hydra«): »Verschwört euch!«, Milena Verlag: 2018.

Jacinta Nandi wohnt im Süden Berlins mit ihren zwei wunderbaren Söhnen. Sie liebt Romantic Comedys und Gregor Gysi. Ihr Jahrgang ist 1980, und deswegen glaubt sie, dass sie eine Millenial ist.

Peter P. Neuhaus. Der Lyriker, Zeichner und Grafiker ist Spross einer Sauerländer Schützenfamilie und veröffentlicht seit 2011 in der *taz*, zwischendurch auch mal in der *Titanic* und ist Erfinder wie Impressario des Komische-Lyrik-Wettbewerbs »Der Große Dinggang« in Menden (Sauerland) und stolzes Mitglied der einst von F. W. Bernstein gegründeten Rendsburger Zeichnerei.

Robert Niemann (Jahrgang 1966) lebt im Land Brandenburg. Letzte Veröffentlichung: »Steter Tropfen fängt den Wurm«, Augusta-Verlag: 2018.

Cornelius W. M. Oettle (Jahrgang 1991) arbeitet als freier Autor in Stuttgart und Kempten und als Satireassistent im Europäischen Parlament. 2020 wurde er mit dem Alexander-Rhomberg-Preis ausgezeichnet. Letzte Veröffentlichung: »Das Geheimnis der Bären-Apotheke Tettnang«, Scribo Verlag: 2018.

Holger Paetz (Jahrgang 1952) lebt und arbeitet als Kabarettist und Lyriker in München und hat auch Preise bekommen. Letzte Veröffentlichung: »Männer im Lift«, Holger Paetz Verlag: 2020.

Klaus Pawlowski (Jahrgang 1935), Germanist und Satiriker. 45 Jahre Kabarett, derzeit Musik und Satire mit dem Pianisten Zitterbart. Letzte Veröffentlichung: »Mozart zum Kugeln«, Oktober Verlag: 2021.

Bernd Penners (Jahrgang 1958) lebt und arbeitet als Grundschullehrer in Aachen. Er schreibt und übersetzt Lyrik für Klein (Kinderbücher) und Groß.

Nico Rau (Jahrgang 1980) lebt und arbeitet als Autor, Reporter und Redakteur für Radio und Fernsehen in Köln und Miami.

Anke Richter (Jahrgang 1964) lebt als südlichstes Mitglied der Weltreporter in Christchurch, Neuseeland, und ist *taz*-Kolumnistin. Letzte Veröffentlichung: »Was scheren mich die Schafe«, Kiepenheuer & Witsch: 2011.

Michael Ringel (Jahrgang 1961) lebt und arbeitet als Wahrheit-Redakteur der *taz* in Berlin. Letzte Veröffentlichung: »Wüste Weisheiten«, Oktober Verlag: 2021.

Carola Rönneburg (Jahrgang 1964), geboren in Hamburg, war Herausgeberin des ersten Wahrheit-Gedichte-Sammelbands »Oben lag der Apennin«. Sie lebt in Berlin und schreibt unter anderem für *taz* und *essen & trinken* und jagt Immobilienhaie.

Andreas Rüttenauer (Jahrgang 1968) war mal Münchner, ist Berliner, war Kabarettist und ist jetzt Journalist. Bei der *taz* hat er schon viele Aufgaben übernommen, kurz auch einmal die des Chefredakteurs.

Jürgen Roth (Jahrgang 1968) lebt als Schriftsteller in Frankfurt am Main.

Michael Sailer (Jahrgang 1963) lebt in Schwabing und am Lerchenauer See. Erhielt 2001 den »Schwabinger Kunstpreis«, sein dritter Roman »Niemand ist so fremd wie wir« erscheint im Herbst 2021.

Frank Schäfer (Jahrgang 1966) lebt als Schriftsteller in Braunschweig. Letzte Veröffentlichung: »Krachgeschichten«, Zweitausendeins: 2021.

Oliver Maria Schmitt (Jahrgang 1966): Der langjährige *Titanic*-Chefredakteur, Frontmann der »Titanic BoyGroup«, Altpunk

(»Anarchoshnitzel schrieen sie«), Jungtürke (»Ich bin dann mal Ertugrul«) und allzeit rastende Reisereporter (*FAZ, Die Zeit, Geo)* scheiterte 2013 als Kanzlerkandidat der Partei Die PARTEI und arbeitet seitdem an seinem politischen Comeback.

Joachim Schulz (Jahrgang 1963) lebt und arbeitet in Marburg und ist seit 1996 im Einsatz für die Wahrheit.

Ralf Sotscheck (Jahrgang 1954), geboren in Berlin, arbeitete nach dem Studium der Wirtschaftspädagogik als Kupfertiefdruckätzer, als Briefträger, als Erdnussölabfüller und seit 1985 als *taz*-Korrespondent und Autor zahlreicher Bücher über die keltischen Inseln in Dublin.

Corinna Stegemann (Jahrgang 1966) lebt und arbeitet als freie Autorin, Jurorin und Kritikerin in Karlsruhe. Letzte Buchveröffentlichung: »Das Wetter ist doch das Letzte«, Oktober Verlag: 2013.

Ulrike Stöhring (Jahrgang 1962) lebt als Autorin und Kunsttherapeutin in Berlin. Ihr Buch »Vielen Dank für alles« erschien 2018 bei ullstein extra.

Volker Surmann (Jahrgang 1972) lebt als Exilostwestfale in Ostberlin, liest bei der Lesebühne »Brauseboys« und schreibt für *taz, Titanic* und *ND*. Veröffentlichte fünf eigene Romane und Kurzgeschichtensammlungen und noch viel mehr Bücher in seinem Satyr Verlag.

Fritz Tietz (Jahrgang 1958) lebt und arbeitet als Autor, Darsteller und Spezialist in Seevetal. Letzte Veröffentlichung: »Alte Lieben«, Radiofeature Deutschlandfunk: 2021.

Mark-Stefan Tietze (Jahrgang 1966) war 15 Jahre lang Redakteur beim Satiremagazin *Titanic,* zwei Jahre lang Kurator am Caricatura Museum Frankfurt, hat Witze für unter anderem

Jan Böhmermann und *heute show online* geschrieben und lebt ansonsten als Autor und Journalist für *taz, Frankfurter Rundschau* und andere im Frankfurter Stadtteil Bornheim. Letzte Buchveröffentlichung: »Allein unter Veganern – Expedition in eine neue Welt«, Rowohlt Berlin: 2016.

©*Tom* (Jahrgang 1960), geboren und aufgewachsen in den unendlichen Weiten des Südwestens, lebt heute als »Witzbildchenzeichner« in Berlin und zeichnet seit 1991 den täglichen Streifen »Touché« in der *taz*.

Reinhard Umbach (Jahrgang 1954) lebt als verrenteter Autor in Göttingen und bekam vor der Jahrtausendwende aus der Hand Hans Eichels den Hessenschild und die Paul-Heidelbach-Medaille für sprachliche Brauchtumspflege.

Ella Carina Werner (Jahrgang 1979) lebt und arbeitet als freie Autorin und *Titanic*-Kolumnistin in Hamburg. Sie betreibt dort die Lesebühne »Liebe für alle« sowie den »Diary Slam«. Letzte Veröffentlichung: »Der Untergang des Abendkleides«, Satyr Verlag: 2020.

Michael-André Werner (Jahrgang 1969), geboren in Berlin, wo er immer noch lebt und arbeitet. Preise: Reinheimer Satirelöwe (1999), Walter-Serner-Preis (1995). Letzte Buchveröffentlichung: »Das Fallen«, Satyr Verlag: 2020.

Heiko Werning (Jahrgang 1970), geboren in Münster, lebt seit 1991 im Berliner Wedding. Er ist freischaffender Autor, Reptilienredakteur und Froschbeschützer. Letzte Geschichtensammlung: »Wedding sehen und sterben«, Edition Tiamat: 2020.

Rayk Wieland (Jahrgang 1965) lebt als Schriftsteller und Redakteur in Mecklenburg. Bisher erschienen: »Öde Orte« (Reclam: 1998, zusammen mit Jürgen Roth), »Ich schlage vor, dass wir uns küssen« (Kunstmann: 2009) und »Kein Feuer, das nicht brennt« (Kunstmann: 2012).

Valentin Witt (Jahrgang 1987) lebt als freier Autor und Zeichner nicht schlecht in Frankfurt am Main. Seine Beiträge erscheinen regelmäßig in *Titanic* und auf Facebook.

Harriet Wolff (Jahrgang 1968) lebt und arbeitet nicht in Buxtehude und Montevideo, sondern nur in Berlin. Dort schrubbt und schreibt sie seit 2013 für die Wahrheit, hin und wieder auch für andere *taz*-Seiten. Reisefieber kennt sie, gern finanziert vom Magazin *Geo Saison*.

Tim Wolff (Jahrgang 1978) ist mit fünf Jahren und drei Monaten Rekordchefredakteur der *Titanic* und nun deren Mitherausgeber. Deswegen ist er gezwungen, in Frankfurt am Main zu leben.

Dietrich zur Nedden (Jahrgang 1961) lebt und arbeitet als freier Autor und Schriftsteller in Hannover. Jüngste Veröffentlichung: »Diesseits. Ein Hirnroman«, Zuklampen: 2020.

Jenni Zylka (Jahrgang unbekannt), Geheimagentin, lebt und arbeitet in Berlin. Letzte Veröffentlichung: »Gesamtsteinische Alteration am spröd-viskosen Übergang der Pogallo-Störungszone in Norditalien unter Berücksichtigung extremophiler Miezekätzchen: Herausforderung und Chance«, Berlin: 1912.

TOUCHÉ by ©TOM
AAAH! MONSTER!
GANZ RUHIG! DU HAST NUR SCHLECHT GETRÄUMT!
WEISSES PFERD AUF GRÜNER WIESE... WEISSES PFERD AUF GRÜNER WIESE... WEISSES PFERD AUF GRÜNER WIESE... UND JETZT SCHLAF WIEDER SCHÖN!
CHRRR...
IIIIIH! PFERDEKACKE!

Überall erhältlich und bei www.shoptyr.de

STERNSTUNDEN DER FRÜHVERGREISUNG

Christian Bartel hat ein gesundes Verhältnis zum Altern: Wenn nicht gerade Chöre seine hervorragenden Leberwerte besingen, zieht es ihn ins Möbelhaus, wo er sich auf die Suche nach dem geeigneten Sterbebett begibt. In seiner neuen Geschichtensammlung fühlt der preisgekrönte Satiriker dem Zahn der Zeit auf denselben.

»Christian Bartels Lieblingsscheiterer ist er selbst. Das macht ihn natürlich himmelschreiend sympathisch, ebenso wie seine aus dem Ruder laufenden üppigen Metaphern, seine übers Ziel hinausschießenden Vergleiche und sein krähendes Bejubeln des allgegenwärtigen Verfalls im Kleinen wie im Großen.«

Susanne Fischer (Laudatio Ben-Witter-Preis)

Christian Bartel
Ich bin nicht in meinem Alter!
Broschur, 200 S., 15€
ISBN: 978-3-947106-74-5

SATYR VERLAG